本書情節並非純屬虛構

如有雷同　我很遺憾

女神自助餐

劉芷妤

推薦語

「劉芷妤的〈火車做夢〉是其中較短，也是令人難忘的一篇。劉芷妤小說中的人物把每次火車進入隧道、窗外變得漆黑之時，映照在玻璃上的倒影，比擬為火車的夢境。火車的夢反映了什麼呢？一個失眠女孩無法被靠近的內心，與一個陌生女孩無法發出口的呼喊。火車的夢，是否看似無形無影，實則是社會之中約定俗成，難以突破的硬殼表面呢？」

——《九歌一〇八年小說選》張惠菁主編短評

「這是個女神喧嘩的時代，多重身分、百種心事的女子齊聚一堂，熱力登場，搏命操演，劉芷妤以眾女子之聲／身，犀利辯證當代的婆媳角力、母女關係、性別政治、身體論述、男性凝視、女性勞動、育嬰教養、職場後宮、歧視話語等議題，眾女聲／身嘈嘈切切，百家爭鳴。讀心術一般，作者道盡（偽）女神背後的苦勞真相與哀哀身世，以及整個歷史社會的陽剛霸權（甚至其中有不少女性樂於繼承並將之發揚光大）。卸下濃妝，脫下華袍，摘除濃密假睫毛，女神原來只是無法擠進男性（精神）宗祀的姑娘們，再如何傾盡血淚與體液，始終無依無靠，但她們卻將『女力』發揮得淋漓盡致，香火鼎盛，自成一格。即便掩卷，她們的眉眼／媚（魅）眼仍穿透紙頁處處拋擲，螢幕上、藥妝品店、捷運上、大樓電梯裡，輪番放電放光。這裡沒有女神，只有光艷四射的姑娘們。」

——李欣倫（作家）

「如果你跟我一樣看到紅了眼睛，那是因為她寫的每一個字都帶著你回到那個被劃傷的時時刻刻，被玩笑劃傷，被難堪劃傷，被惡意劃傷，被粗暴劃傷。被自己一顆水晶玻璃製的心——『漂亮細緻但是敏感得不見得好相處』——劃傷，那麼透明那麼輕，那麼尖銳那麼聰明。我不會說這是一本心碎的書，因為劉芷妤寫的是心碎以後發生的事，那些女孩輕輕柔柔踩著碎片，優雅走來。」

——許婷婷（皇冠文化總編輯）

目次

同學會

整場同學會，茉莉都非常緊繃。

她全身緊繃地等著那人出現；那人出現後，她全身緊繃地用餘光留意那人現在走到哪裡、和誰說著話、離自己有多遠。茉莉感覺隨著那人移動位置、與自己的相對方位改變，她「面向」那人的某塊皮膚就會跟著繃緊、戒備，對應著她臉上的笑容，總有某一塊不夠完美地發僵，脆硬而軟弱。

但其實在別人看來毫無破綻，茉莉向來嫻熟於扮演別人眼中的小花，嫻熟，並且熱衷。她的笑容從來不僵硬，總是燦亮得彷彿可以照進別人心裡，大家都喜歡她，或者該說，大家都喜歡「小花」，而不見得是茉莉，漂亮細緻但是敏感得不見得好相處的茉莉。

「小花現在也是高幹了耶，以前念書時好難想像妳這樣少根筋的女生也會當主管喔。」

同桌同學的話引來一陣大笑，她也笑壞了，趁著假裝生氣反駁的時候，又偷偷確認了一下那人的位置。

那人在吧台旁和酒保點酒。

確認位置只消一瞥，她立刻收回視線，卻發現眼睛在掠過其他同學的面容時，像是長出了自己的意識似的，尋找著什麼。

但，是在找什麼呢？

「媽的你就別說了，我不知道睡了幾個人才當到這個小經理，感覺超虧的好不好！」

這次的笑聲比兩秒鐘前才停歇的那波更加聲勢浩大，惹得別桌同學都忍不住伸長脖子往他們這桌張望。

有小花在的那桌總是比較有趣，這是從念書時大家就知道的。

她的外表和「茉莉」這個名字一樣女性化，然而說話卻不。茉莉講髒話時特別口才便給、開黃腔時尤其談笑風生，乾起杯來眼睛眨也不眨，這一切都是她長年練習之後應得的成果，她知道自己做得很好。在她的社交圈裡，小花取代了茉莉，浮泛的通稱取代了界門綱目科屬種太清楚的學名，中性的舉止取代了陰柔的第一印象，這提供她一種隱身的安全感，避免了被指認細節的尷尬。

說到安全感……她忍不住又假裝伸手調整掛在椅背上的外套，藉機確認：那人正在兩張桌子外，和他那群哥兒們喝酒。中間隔了兩張桌子和動來動去的好幾顆頭，他不會看到茉莉，或者說，他必須很碰巧或者很刻意才會看到茉莉。

確認那人位置的同時，茉莉在席間的笑容語速都絲毫不受影響。她才不會拿自己的這麼點小事打擾大家，但是，確認過那人的位置後，她仍然停不下四處逡巡，她幾乎要覺得自己的視線像是監獄裡瞭望台上的探照燈。

但她在找什麼呢？茉莉自己也不確定。

她及時加入桌上的一場笑聲，將眼神收回，適切地放在大夥兒正傳閱著的孩子照片上。在茉莉的這張桌子，有三分之二的人已為人父人母，雖然都說好了這一晚不帶伴侶孩子出席，但不在場的孩子們卻比誰都更有強烈的存在感，在手機螢幕裡出現、在皮夾暗格裡出現、在叨叨不停的語言裡出現。茉莉知道他們都只想說自己的孩子，不真在乎別人的孩子，但她仍然不時在大夥兒說起自己孩子時，把關於女兒的瑣事適時丟進談話裡，那並非為了爭奪注意，而是這樣讓她感覺女兒是安全的，與她一樣隱身在人群裡不被注意的安全。

不會被任何人注意到，不會被任何人走過來，把他們的手滑進她腰下的牛仔褲裡，輕輕地抓一把，然後若無其事地走開。

不會有這樣的事發生，也不會有更糟的事發生。

更糟的事……她想起來，自己下意識在人群中尋找的另一個身影是誰了。那是班上一個總是安靜坐在角落、沒什麼朋友的女同學，個性與長相都好，卻也都低調的隱形女孩，有一天，她自殺了。

茉莉找的是她。

同學間流傳著，女孩被學校已婚教官誘哄上床後甩掉。她身為當時的班代，去了一趟醫院代表探望，見過她扔下忙碌工作趕來守在病床邊的母親，她母親曾問茉莉知不知道女兒自殺的原因，她卻什麼都不敢說。

這樣的事，怎麼能夠對一個女孩的母親說得出口。

同學們秀了一輪又一輪的照片，終於想起茉莉還沒有把女兒亮出來。

「小花也給我們看看妳女兒的照片啊。」

「對呀，妳臉書上常說她的事情，可是好像都沒貼過照片耶！」

「妳跟妳老公都長得不錯啊，小小花應該超可愛吧？」

「欸該不會你們兩個都是整出來的，結果小孩長得跟你們完全不一樣，所以不敢給人家看吧哈哈哈……」

茉莉此刻的笑容確實僵了，不是因為同學開了有點過頭的玩笑，她很習慣應對過頭的玩笑，甚至是太習慣，本能反應可以嘻笑回嘴的。

「看不到怪誰？還不就林董說今天晚上大家都不能帶小孩來！下次啊，下次給你們看看本尊嘛，看照片哪有什麼意思。」

「還等下次？看看照片又沒有關係，妳手機裡沒有小小花的照片嗎？」

「她叫什麼名字啊？妳是不是提都沒提過啊？」

「應該上小學了對吧？哇靠，小蘿莉耶！」

「這種時候就要叫那個誰過來啊，追不到媽媽還可以準備一下光源氏美少女養成計畫嘛！」

「你說的那個誰，該不會是說我吧？」

一時大意沒有確認那人的位置，竟然就不慎讓他逮到機會，嘻皮笑臉端著酒混了進來。看著同學們笑嘻嘻地移動屁股讓出個位置給那人，她第一個念頭是逃跑，第二個念頭是用全身的力氣禁止自己逃跑。

「唉呀我們不是愛拍照的家庭嘛，小孩子不都長一個樣嗎？手機裡也沒有什麼……」

「怎麼可能——我看看我看看——」

茉莉旁邊的同學一把搶過她的手機，怕她搶回來便一個一個傳遠了，她遲疑了一下，真的伸長手去搶就太認真，太破壞氣氛了。

手機傳到那人旁邊的同學手上，茉莉感覺她漸漸無法控制臉上的表情。

「還我啦！你們這些強盜！手機有什麼好看的啦……」

「喔喔喔保護成這樣，小小花一定超萌的，這不看一下不行啊！」

「小花的手機竟然沒有鎖直接可以開耶。」

她彈起來，還在努力保持開玩笑的語氣，努力得發抖。「不要鬧啦！」

「還說沒照片！根本都是啊。哇賽小小花真的超可愛！萌得我一臉鼻血啊，欸你看看，這個花二十年養成應該都超划算吧。」

茉莉看見同學把手機遞給那人，接下來的畫面全部變成慢動作：她爬上桌子，然後猙獰地撲向那人，那是那些事情發生之後，她第一次主動「接近」他。

不。要。碰。我。女。兒。

她沒搞清楚這句話究竟是真的喊出來了或者只是在心底爆裂，就醒了。

旁邊的丈夫好像被她醒來前最後一聲抽咽吵了半醒，喃喃抹了把臉，轉身繼續睡了。

她全身劇烈發抖，乾渴的喉嚨不斷發出難聽的嗚呃，想起夢裡的最後一眼，是那人高高揚起的手機螢幕裡，顯示著那位自殺女同學的臉。

她也想起，那張臉其實不是她二十年前的同學，是每天上班公車站旁那個早餐店老闆娘的女兒，只是發生了幾乎一樣的事。

她跳下床，抖著還沒醒來的雙腳衝出主臥，想去女兒房間，走出去才想起來，他們沒有小孩，婚前早就說好了，不生小孩。

所以他們沒有女兒。

茉莉輕輕關上主臥房門，想起那個流行過的句型——醒醒吧，妳才沒有女兒！——忍不住笑了，然後也哭了。

她蹲在主臥房門外，伸手用力壓住自己的臉，在安靜狂放的淚水中，扭曲顫抖地笑。

醒醒吧，妳才沒有女兒！

太好了，太好了，還好沒有，太好了，真的太好了……

菲比克莉絲汀

在床上坐起身子的瞬間，迎面撞進眼底的是一襲純白蕾絲洋裝的克莉絲汀，美目望向遠方的迷離表情，說不準是幸福還是痛苦。

那張臉是她，各種意義上都是。

延續夢境裡一頭夢幻鬈髮與完美妝容，牆上那張半身高的海報裡，被地底迷宮燭光環繞的那張臉美得不可方物——啊，原來被自己美醒是這個意思。

下體突如其來的湧泉挑了個好時機，從她腿間汩汩而出。這是如假包換的自己打臉：妳是被月經叫醒的，沒有被自己美醒這回事。

本來還想賴床一下的，這會兒只能迅速跳下床，確認床被沒有弄髒，衣櫃裡撈出新的底褲，抽屜裡翻出導管式衛生棉條，趕到水龍頭底下洗淨必須立刻處理的底褲血漬，晾上衣架，然後，才有餘裕打一個綿長的呵欠。

克莉絲汀啊，妳那襲白裙可千萬不能月經突然來。

想著夢裡的舞台，以及舞台下愛人注視自己的熱烈眼神，她拖著腳步走往回籠覺。經過兄嫂臥房，嫂嫂探出頭來。「小妹，可以幫我買娃娃的早餐嗎？她早上賴床睡太久了，我怕待會送她去學校路上沒時間買。」

「喔——」她等另一個呵欠完結了才應。「好。」但腳已經走往門外。

他們家總在伯父家開的店買早餐，不是頂好吃，但因為人情也因為習慣，更因為住得太近，不可能去別處買早餐再提著經過伯父一家人眼皮子下回來。

門外左轉彎出巷子，聞到油煙味之後再走十步就到了。「早啊，今天吃什麼？」鐵板煎盤前的伯母感應到客人上門，忙得一臉油花的臉匆匆抬起來對她點了點，視線飛快轉回鐵板上，以致於太慢堆起的笑，最後是對著未熟的蘿蔔糕。

「阿姆早，我要一份玉米蛋餅，一份培根蛋餅，兩杯大冰奶。」

「好，妳稍等。」

「都是蛋餅怎麼不點同款的就好？這樣妳阿姆還要分兩次拿料。」沒料到門口站著的那兩個聊天中的汗衫伯其一就是伯父，忽地轉過來訓話時嚇了她一跳。

「都幾歲了，要知道體諒大人啊。」

「喔。」迫於形勢無法頂嘴又不想道歉，她只好喃喃道早。「阿伯，早。」

「這你小弟女兒喔？」另一個汗衫伯抬著下巴，眼神上下掃了她兩回。「怎麼不常看到？」

「阿伯，早。」她考慮了一下，裝乖要徹底，也對另一個汗衫伯燦笑道早。

「嫁出去了啊，偶爾回來也不知道要來打招呼。」

「喔，嫁人了喔？啊生仔了沒？」

「無——啦！」用充滿不耐語氣回答的是伯父。「說無要生啦，奇怪，不生做啥結婚？」

下腹痠疼，她下意識揉了揉肚皮。「現在講這個也來不及了啊……」

「就跟妳說！也不早點結一結生一生啊，當初就叫妳早點找個人嫁了，當做自己多水多能揀，做彼途的還不是攏肖想嫁豪門，也不想想都幾歲了豪門都馬娶幼齒的……」

「你們自己……」戲精如她，沒事先排演過還是會失誤。她的話出口不到一半，便被自己硬生生咬斷。不行，不能嗆伯父的兩個兒子加起來就離婚離了三次，也不好拿伯父自己長年不斷的外遇反駁，不行。

對她來說，口頭上講贏伯父完全不是什麼難事，難的是她沒辦法只顧自己嘴上爽快，不顧早已無法脫離這些鄰居兼姻親網絡的媽媽。

伯父似乎看出她原本想頂嘴，立刻勃起虎虎氣勢，對另一個汗衫伯大聲碎念。「喔我跟你講，這個查某囡仔自小就沒在睬小大人，她老爸死得早攏沒人教，有夠沒大沒小，當作我愛念她咧，我若不是看在阮小弟……」

她在微笑的唇後默默咬牙。

「嘿啊，小弟早死，嬰仔總不能沒人教，你做人大兄的也是只好擔下來。」汗衫伯把大伯想表達的不得已圓得更沒破綻些，一邊講還不時看她幾眼。

「不過這也沒辦法，畢竟不是親生的，咱的苦心伊袂了解啦。」

「……就是這樣啦，所以我們彼時才費氣去給她安排相親啥的，想說她這樣嫁不出去，以後我們對不起她死去的老爸，誰知她……」
沒問題的，長年的劇場訓練，早讓她練會了在翻白眼前先掛上合宜的表情，只是幫姪女買個早餐而已，人生沒有那麼難的。
動作精準迅速拎了早餐付了錢，用不至於被發現是快步逃離的腳幅離開早餐店，家門口的嫂嫂和娃娃，已經戴好安全帽坐在機車上等著。
「姑姑妳好慢喔！我要遲到了啦。」娃娃跳下車來，長腿兩三步從她手上搶過提袋。
「等一下等一下，玉米蛋餅是我的，培根蛋餅才是妳的，大冰奶一人一杯。」
「蛤？可是我比較喜歡玉米蛋餅。」
「好啦給妳給妳。」她拿走培根蛋餅和大冰奶，揮手送走噗噗離去的母女倆。
她回到房間，又打了一個呵欠，卻已經沒有睡意，索性配著臉書吃早餐。她的塗鴉牆上分成涇渭分明的兩派，一票人瘋狂轉貼票房告急的售票資訊排演花絮與各種雖不及克莉絲汀但勉強還行的劇照，另一群人瘋狂轉貼的是什麼摻假了什麼其實致癌的養生資訊，配圖不是蓮花菊花就是自家的娃。他們各自在自己的生活裡高速運轉，全都意志堅定地朝幸福彼端而去。

而她感覺自己是兩條互不相干軌道上唯一的交會點，造成一死兩重傷的那種。

人際網絡比現實複雜的臉書上，無論小確幸或微抱怨，都必須符合人設與臉書人際圈，而她沒有任何一張臉能同時符合這兩個世界。然而又有誰真擁有那張臉呢？恐怕只有在「靠北」、「黑特」這種匿名粉專才容得下真心的崩潰。說不定，她早已在這類粉專看到某個只能在別人面前扮演單一角色的朋友貼文，卻沒有辨識出來。

但辨識出來了又怎麼樣？如果有一天，她真的認出那則幽暗得令人為之心碎的匿名貼文，揭露的是顧人怨同事從不參與員工聚餐旅遊又總是陰森臭臉的真正原因；如果某個高喊進步價值、發文必憂國憂民的粉專小編，用PTT的私人帳號喊了上百次「母豬母豬，夜裡哭哭」；如果同一副鍵盤滑鼠，打出了一本又一本挺弱勢挺勞工的鏗鏘長文，卻也毫不猶豫地編造假新聞好讓自己關心的議題浮上水面？

如果那個總要她幫自己接送小孩採買生活用品代接前妻電話的禿頭肥肚前主管，也有溫柔、耐心、深情的那一面，她會想知道嗎？

她一邊皺眉搖頭，一邊狠狠吸了一口大冰奶，腦子裡忽然閃過什麼，一個裹著髒話單字的泡泡浮上腦海，正待恍然大悟地破開，說時遲那時快，媽媽已經從房門口探進頭來。

「啊妳又月經來在喝冰的！」

老媽這種生物真的不簡單，月經來不來這種在她身體裡發生的事情，即使身為當事人，她也才剛知道，媽媽不到一個小時就能隨即發現還可以拿來念她，情報力和反應力實在有夠好。

她嘟著嘴放下奶茶。「才剛想起來就被妳罵。」

媽媽走進房間，膝蓋邊探出另一顆頭，三歲的姪子長得神似大嫂，眉眼精緻。「妳幫我顧一下弟弟，我去晾衣。」她三兩下把剩下的蛋餅塞進嘴裡，牽起姪子的手說。「一起去啊。」

「做啥要跟？妳顧弟弟就好了，毋通曬到日，弟弟皮膚嫩，妳靠臉吃飯的，都不要去。」

「一起去啦，一起曬一起顧啊。」她略帶撒嬌地說，媽媽嘴裡還念著，不過沒有堅持。

媽媽總說她靠臉吃飯，每次聽都覺得好笑，幸好是在家裡，在外面讓人聽到還真有點窘，讓婆家的人聽見就更不得了了。她幫媽媽提上濕衣籃，想起婚後的每個週末，只要她睡得比平時晚一點，起床打開房門就會看到一籃待曬的濕衣服等著她，就算繼威起得比她早，那籃濕衣服還是忠心耿耿地等著她，只等著她。

想起來簡直有點感動。

「妳跟弟弟待在那邊就好，不要過來，這裡日頭大。」媽媽站在露臺中間拉起曬衣繩，甩開濕衣服時也順便甩開了汗。「啊妳那個大嫂實在懶糯，衣服就只會丟進洗衣機按按鈕，也不會拿出來披，每次都是我在收拾。」

「人家她要趕著送娃娃去學校啊，送去學校她還要趕著去上班，又不是故意不做的。」

「啊我是有逼她去上班嗎？有嗎？上班就可以家事都不做了嗎？我都幾歲了，是要我做到什麼時候？她做那個一個月也沒有多少錢，請保母都不夠，而且妳哥賺的夠他們一家子花了啦，彼時就叫她不要工作了好好顧小孩，哪有在聽……」

「哥哥出海都好幾個月才回來，妳不讓她上班，她在家裡是要悶死喔？」

「妳說這什麼話？我是有虐待她嗎？在家裡當貴婦有什麼好悶的？我這輩子還不就是這樣把你們兩個帶大的？哥哥出海好幾個月又怎麼樣，他也沒有做什麼對不起家庭的事，還不是為了賺錢給這個家，是有什麼好抱怨？她是不是跟妳說什麼了？」

「不是啊，哥哥沒有做什麼對不起人家的事很好，可是大嫂也沒有啊，就是互相而已嘛，又不是說哥哥沒外遇就可以把他老婆關在家裡，這不一樣啊。」

「什麼我把她關在家裡？我哪有把她關在家裡？妳看她每天上班穿得水水，妳又知道她沒有對不起妳哥？沒有的話，她為啥這麼堅持要上班？我跟妳說這款代誌不是她說了算啦……」

如媽媽所說，露台上日頭很烈，像媽媽一邊晾衣服一邊扔出來的話，讓孩子接觸到不好。她突然決定動手給姪子搔癢，姪子嘰嘰呱呱笑個不停一直躲，躲進烈日下撲上媽媽的腿，又被媽媽趕回陰影處，來回幾次差點跌倒，媽媽忍不住援引上次和上上次姪子摔倒的經驗，佐證他有多麼傻又多麼聰明，傻是個性憨厚，聰明是腦袋好，兩者並不矛盾。

無論姪子傻或者聰明，媽媽說起來都是寵溺的，和說起女兒無異。她習於這樣的寵溺，在這樣的寵溺裡長大，然後被丟到另一個，無論她傻或者聰明，似乎都令人皺眉厭煩的家庭裡。

就像她的嫂嫂一樣。

晾完衣服，她奉母命護送姪子去保母家，姪子一路哭哭啼啼喊著不要離開阿嬤，眼淚鼻涕俱全，鬼哭神嚎的各種死活不願意，幸虧這活兒她不算生疏，在臺北那份助理工作就常要幫主管接送小孩。結果保母家的紗門一拉開，姪子態度轉變之劇，又彷彿這會兒成了急於逃離魅影奔向未婚夫懷抱的克莉絲汀，瞬間展開燦爛笑靨撲進去抱住保母大腿撒嬌，連跟姑姑說聲再見都沒空。

嘖，她當年可是名滿劇場的克莉絲汀，如今竟連在姪子眼裡都是個比不過保姆的魅影了？

回到家，剛好碰上媽媽出門要去市場，一樣是說外面太陽大要她待在家裡，她則是當耳邊風硬是跟了上去。意見相反的時候媽媽沒有講贏過她，說是養出個愛鬥嘴鼓的文青，其實是媽媽完全沒有想和她辯的打算。

是女兒嘛。

陪媽媽和陪婆婆去市場完全是兩回事，這是婚前極少涉足傳統市場的她這些年每週末陪婆婆上早市才領悟的。市場裡的攤販似乎都有某種默契，一旦辨識出常客身邊那個年輕女人的身分，就會自動換上相應的統一語氣，口徑齊整宛如攤商公會曾針對此事辦過公開說明會。

「唉喲這是妳那個女主角女兒喔？哪會這呢水，好貼心吶還會陪阿母上市場，以後要多回來陪阿母喔。」

（唉喲這妳媳婦喔，很久沒看到了吶，做媳婦要多幫忙家裡事，婆婆年紀也大了，年輕人不要自己顧玩。）

「真的是吶，像我兒子一年有八個月在跑船，娶一個某回來供佇家裡也不知道要幹嘛，幸虧還有個女兒陪我。」這是近兩年共三次陪媽媽上市場的評價，她甜笑點頭，在這樣的評價裡淘氣地伸手捻起乾貨攤試吃的魷魚絲塞進嘴裡。

（哪有可能享福？現在的年輕女生沒幾個會煮的啦，平常下班回來都八點了，煮好都要半暝，是要我們兩個老的餓肚子等嗎？還是靠自己卡實在，現在做媳婦有夠簡單！）

「啊喲妳這嬰仔怎麼嫁出去了還這麼饞？妳這樣吃到大摳看誰還讓妳演女主角？」媽媽對賣乾貨的阿桑假裝抱怨。「彼時有個國外來的劇團特別指定她一個臺灣人演女主角，好幾個月都在巡迴表演，本來想說戲演完了就回來，結果說去臺北演出的時候被追走啦，有夠好笑，演到女主角了不知道趁機嫁有錢的，去嫁個老師，都不知道怎麼教的這呢憨。」

（啊你不是說你媳婦在演戲還是網紅？這款的攏袂顧厝啦，妝得水水就有一卡車的男人送錢來，帶去吃高級餐廳，哪需要自己煮？）

「憨又沒要緊，天公疼憨人啊，而且生得這水一定得人疼。」媽媽聽得開心，花錢買預言似地忙叫她多選幾樣愛吃的包起來。

（阮阿威愛吃那幾樣再給我包起來，做老師做得有夠辛苦，聽伊說現在高中囝仔足難教，發育得有夠好又碰到叛逆期，給他們輔導一下都像是要跟你相打，驚死人。）

「唉唷還剝瓜子給阿母吃，怎麼這麼有福氣啦妳。」什麼事都不用做就能立於不敗之地的感覺真好，彷彿得到一個只要眨巴著眼睛就能圈粉的吉祥物角色。

（這麼辛苦喔？無怪妳心疼，啊兒子都結婚了，怎麼還是妳在顧？現在攏講男女平等啦，也毋免煮飯也毋免洗衫，連自己尪都毋免顧，啊我們這代有夠歹命，被婆婆苦毒，老了還要伺候兒子媳婦。）

「哪有啦，這隻自小就古靈精怪，有夠難教，好不容易嫁出去了我才有點清閒……」媽媽笑逐顏開，彷彿將她拉拔大的成長路上，一切油鍋裡的水深火熱都能說成溫泉與暖爐。

她嚼著鹹甜帶著焦香的魷魚絲，想起三百公里外婆婆慣去的另一個市場，在那裡，她的冰雪聰明全是冷凍庫裡難清理又招麻煩的大塊結霜。

（嘿啊這時代男女平等啦，我們這個媳婦頭殼金巧，知道選個穩定的老師嫁，嫁過來還有兩個老的幫忙伺候，有夠爽，若是我女兒也這麼欠腳就好了。）

「這麼貼心的女兒嫁出去也是人人疼啦，啊是嫁到哪裡去？很少看到妳回來吶。」

（妳女兒卡老實啦，古意古意不會去占人家便宜，跟妳同款，按捺好，有福報啦。）

「臺北啦，伊婆家吼……」媽媽話尾藏著神祕的眼神，搖搖頭，卻像個允許對方追問細節的暗號。媽媽這演技啊，她忍住笑，其實她從未對媽媽抱怨過婆家，媽媽卻不知為何斬釘截鐵地相信別人家都欺負自己女兒。

「婆家怎麼樣？跟公婆一起住喔？唉喲按捺甘好？臺北人很欠腳，對媳婦好嗎？」乾貨攤阿桑接收到媽媽的訊息，熟練地用第三方立場提出媽媽想問不敢問的問題。

欠腳這詞她熟，在臺北簡直是婆婆專門用來形容她的詞彙，常用得幾乎要成了她的名字。說也奇怪，在媽媽嘴裡傻裡傻氣三十年，不知為何一結婚她整個人就脫胎換骨地「欠腳」了起來，她自己還沒有弄清楚這落差從何而來，繼威就忙不迭跟她解釋：「妳不要介意，媽說欠腳是誇妳聰明伶俐，沒有不好的意思。」

先不說如果真沒有不好的意思繼威何必急著消毒解釋，退一萬步說，她是南部長大的孩子，欠腳什麼意思，可輪不到臺北人來對她說文解字。

總之，無論婆家的親戚鄰居，還是附近市場裡的攤商，雖說沒有人真能說出她什麼聰明伶俐的事蹟，但這「欠腳」的名聲可是穩固得很，像個臨時被推上台代演卻再也脫不了身的新角色。

不過，在媽媽面前，她什麼也不會說的。她捨不得媽媽擔心，她得把媽媽的女兒演得一輩子幸福快樂才行。

「沒有啦，跟公公婆婆一起住，他們也幫我們很多忙，下班回家還有晚餐吃，已經很好了。」她選擇了一個安全的切面，算不上多坦白，不過倒也沒有說謊。

實際上，她在那個家，就像嫂嫂在這個家一樣，不管做什麼，永遠做得不夠多、不夠好。身分不同當然不可能奢求自己還能像當女兒那樣，老是被叮嚀要待在陰涼處，不用曬衣不用買菜。既然選擇走入婚姻，她也是願意改變的，只是那個「永遠不夠」，才最令人絕望。

不，最令人絕望的可能不是她在那個家的「永遠不夠」，而是回到這個家，還得看著嫂嫂身上的「永遠不夠」來自從小疼愛自己的媽媽，總是護著她支持她的媽媽。那讓「永遠」更永遠，讓媳婦這個身分更薛西弗斯了。

「這樣不錯啊，這樣妳阿母也比較放心。」乾貨阿桑幫媽媽下了個舒心的結論，她看著媽媽付錢時的笑容，那不是信也不是不信，也許是寧可信。

一路上媽媽買的菜全衝著她來：苦瓜和鹹蛋的搭配意圖非常明顯，清脆鮮嫩的龍鬚菜還是生的就讓她嘴饞，狗尾草是買來燉雞湯的，連雞都是買最貴的那攤放山雞。

「回家好——好——喔——」她摟著媽媽的手臂，發自內心地嘆息，不小心碰著了大包小包的生鮮，才想到該幫媽媽提東西，趕快搶了過來。要是在臺北，這種大逆不道的低級錯誤早讓她不知道在油鍋裡浸下去又撈上來幾回了。

「啊妳這次回來這麼久，妳婆婆沒說話嗎？」媽媽說話時看著攤上的菜，狀似無心。

「回娘家天經地義啊，而且我是為了排戲，她哪有什麼話好說。」她也一邊挑著小黃瓜一邊說，說到演戲，她可是沒有在輸人的。

「就是啊，妳看妳大嫂每個月都回娘家，我也沒說話，跟她比起來妳很少回來了。」

「妳哪裡沒說話？每次她回娘家妳就一直念好嗎？」

「哪有，我很開放柳——」

她沒再爭辯，媽媽再怎麼疼她，也就是別人的婆婆。

「媽，我們做涼拌黃瓜好不好？妳之前做的那種好開胃。」

「那我們再買一些檸檬回去，用檸檬做比白醋香。」

結帳時，菜販問想要送蔥還是送辣椒，媽媽還沒說話，她先搶著說了：「我們家不吃辣，拿蔥吧，多謝。」

午後下起雷陣雨，母女倆吃完午餐，媽媽拍開她幫忙收拾的手，叮嚀她睡個午覺再出門，上台氣色才會好。

「媽，我只是去排戲，離演出還早啦。」

「皮膚顧得水，人家才會一直選妳當女主角啊。」

媽媽從來沒搞清楚她的職業，是小劇場演員而非什麼明星，自然，也不能奢求婆婆理解——或者，在他們心裡，這算不上是個職業。

「啊妳在劇團這樣還有錢花嗎？沒有錢跟媽媽說，不用每次都看人臉色。」

「妳在劇團這樣」這個起手式，後面可以接很多不同的句子，媽媽會問她還有沒有錢，繼威會說還是要花時間照顧家裡，婆婆會意味深長地拉長尾音，但後面不接話。

妳在劇團這樣。

她之所以能在劇團這樣，是媽媽一手護持的結果。從高中開始，擋住了種種親友關於職業前途的探問，承擔了種種沒有固定收入時常還要自己貼錢的現實苦果。婚前的她，是媽媽排除一切外力讓她隨心所欲長成自己的樣子，可是一旦長到了婚姻裡，那兒的事情就不是媽媽可以管得上的了。

她只能瞞著媽媽做出決定。

「有啦，臺北那邊會花錢進劇場看戲的人比較多了啊，票也常常被搶光，收入比以前穩定很多，我還可以存點錢。」

「是吼？那就好，我就驚妳婆婆不肯讓妳結婚以後繼續演戲。」媽媽說了兩句，突然想到什麼似地警告她。「啊妳不想生小孩就不要生喔，要不然妳婆婆那種個性一定要妳在家顧小孩，吼妳這種個性關在家裡顧小孩一定會被逼到擰死。」

「沒有啦不會生啦，都幾歲了。」

「對！不要生！妳老母拚死拚活就是要讓你們兄妹過自己歡喜的日子，結婚以後妳敢委屈自己就試試看。」

滂沱大雨中，她拿著媽媽塞來的傘匆忙出門了，就像她真的趕著出門那樣。往劇團的路上買了一袋子五十嵐，半冰半糖四季春和半冰微糖珍奶各一半，她在大雨中衝進排練場所在的大樓大廳，將濕淋淋的飲料袋遞給警衛。

警衛還認得她。「唉唷！這是我們克莉絲汀吶！好久沒看到妳了。」

「對啊，結婚以後就搬到臺北去，每次回來都匆匆忙忙的。」她眨眨眼笑了，她知道這個警衛最喜歡她這個角度的笑容。「還有不要老叫我克莉絲汀啦，我又不是只演過那個！」

「唉唷我知道啦，啊就妳演這齣的時候最美最紅啊。啊妳去臺北還有繼續演吼？以後去臺北給妳捧場。」

「有啦有啦，臺北劇場環境也是不錯。」她按按臉頰，難道是太久沒訓練了，這樣程度的笑容只維持一會兒就累了嗎？「幫我通知他們，請他們下來拿飲料好嗎？」

「妳不上去看看他們？他們應該也很久沒看到妳了。」

「是啊，可是我老公車子在外面等，這裡不好停車，而且待會還有別的事，」

她露出略帶遺憾的開朗表情。「下次有機會吧，麻煩你了，謝謝噢。」

為了營造她說的那種急迫感，以及不給警衛大哥其他遊說的機會，她一邊說，一邊往外頭走。

「好好好，那妳記得有空多回來啊——」

天空不斷有液體降落，就像她的身體那樣，很快她便裡外都充滿液體。本想自己在這座久違的城裡散步，可是身體裡那個盈滿經血的器官不斷沉墜，讓她腰痠腹悶，裡外的黏膩感又令人煩躁。最後她走進離排練場不遠的速食店，用便利商店提款機送的酷碰券，換購了一份即使已經是較低的價格仍然不划算的午茶組，在充滿消毒水氣味的洗手間裡換好棉條，把自己裡外都擦得乾爽些，找個旁邊有插座的位置，一邊充電一邊用手機查看信箱裡有沒有面試通知。

之前的工作是婆婆幫忙安排的，那時婆婆還說像她這樣念到研究所拿個藝術碩士做劇場，對社會來說就跟沒讀書一樣，等於什麼都不能做，當時確實感覺滿委屈的，現在要自己重新找工作，才發現婆婆可能不完全只是想酸她。

沒有面試通知。

上週離開臺北前匆促辭掉婆婆介紹的那份做了兩年的行政助理，並不能為她的履歷帶來優勢，其實就連她自己累積多年的劇場經驗，走出劇場後要想找個一般的工作，似乎也毫無用處。她這才驚覺自己其實什麼都不會，之前究竟靠著什麼活到這年紀的呢？那像是上輩子的事，再也想不起來了。

臉書推播，有朋友將她標記在貼文裡。點進去的照片是她剛剛送去的大袋飲料，照片描述寫著「我們的克莉絲汀小姐最近揣摩的新角色大概是Phantom，哪有人來無影去無蹤留一袋飲料就跑啦，想死妳了快來聚聚！」

她的帳號被標在背景排練場的無人一角，倒真是有點《歌劇魅影》的感覺。底下已經有一大串熟悉的帳號紛紛回覆，每條留言都嵌著她的名字超連結：「下週末藝術中心的演出能來嗎？給妳留兩張票，拜託這次說有空！」「妳老公還真的是魅影啊？劫走克莉絲汀就翻臉不認人了，需要我們去救妳嗎？」「妳什麼時候才有空啦，連去臺北都見不到也太誇張。」

她週末始終沒空。有空看戲怎麼不幫忙煮個晚餐做點家事？妳上班有週末可以休息，媽媽都不用休息嗎？她想起大姑說的話，大姑說得很有道理，她至今也覺得有道理。

她閉上眼，想像自己還在那個排練場，就在自己的帳號被標示的那個位置，和老戰友們一起撒腿坐著喝珍珠奶茶，聊著無意義的幹話。認真想來，在劇團裡竟是她最不需要演戲的時候，年輕時哪裡會知道，走下舞台，每個角色都那麼難。

她正想回覆留言，不小心點錯了什麼，畫面重整更新，她滑著手機想找回原貼文，不經意被另一則貼文吸引，那是熱門的匿名粉專「靠北婆家」。

……結果毒菇竟然只買了女兒的早餐沒買我的，我都不用吃飯嗎？

我也要上班！

好像我在他們家只是負責生小孩，生完小孩要接送小孩的傭人

多吃一頓早餐就會虧本！

媳婦也是人！大嫂也是人！幫自己和小孩買早餐的時候舉手之勞都不肯

在他們家我連吃辣的權利都沒有！只能自己偷藏辣椒醬

到底把我當什麼了
而且自己喝垃圾飲料就算了！竟然給正在月經的女兒喝冰奶茶
這種毒菇太超過了！
本來嫁到臺北不常回來！突然可以回來住好幾天
雖然毒菇沒說但大概婚姻快不行了
拜託不要離婚回娘家
不然我老公辛辛苦苦賺錢又要多養一個！她的房間也不能給小孩用了！

她呆望著那則充滿驚嘆號的匿名貼文，想起早上確實沒買嫂嫂的份。但真的是嫂嫂嗎？嫂嫂原來愛吃辣嗎？娃娃月經來了？她在腦子裡拆解句子，一一分析比對，努力想找出「應該不是吧」的線索，但看來似乎就是。

放下手機，她伸手蓋住眼鼻，長長地，長長地，吐出一口來自地獄的嘆息。

她究竟是身處地獄，或者本身就是別人的地獄？

手機持續震動，都是老友們對那則送飲料貼文的回應，她點回去看，其中一則寫著「知道妳現在過得好就好」，還附上她當年演出《歌劇魅影》的劇照（另一張沒那麼正的），引來底下一片洗版式的瘋狂讚嘆。

會不會聊天啊這些人。

她索性關了手機。

吃完午茶組以後她又在速食店裡待了好久，平常日店裡待著的都是些像是可以把餘生用屁股烙印在塑膠椅上的閒人，可樂都沒氣了，紙杯都被浸得虛軟了，這些人還天長地久地坐在那裡。她想著，自己現在也是這樣了。

她記得以前喜歡的作家都會在速食店裡聽見鄰桌有趣的話題再寫成好看的散文，她很喜歡那種題材，甚至和劇團的朋友們排完戲撤完場，一大群衝到速食店裡補充熱量的時候，她常常也想像著，他們會不會是別人眼中的風景、筆下的故事。

直到坐在速食店裡漫長的此刻，她知道毫無餘裕的自己，就和每個人桌上那杯沒氣的可樂一樣，共享著沒有被安排角色的命運。

接近放學時間，她終於開機，媽媽傳訊息來問她幾點會回家吃飯，她說今天設備出狀況所以提早結束排演了，她可以幫忙去接娃娃回家吃晚餐，大嫂就不用再多跑一趟。

娃娃看見來接她的是姑姑非常開心，巧笑倩兮地湊近她的臉，逼問同學「我們是不是超像」，然後得到想要的答案就樂得像是整張臉都在放煙火。

這年紀的少女與其說是人類，其實比較像鳥類，造型纖細流線，總是吱吱喳喳，一雙骨感長腿彷彿能夠輕盈飛掠任何水深火熱的地獄，就連臉上的雀斑與痘疤，都只是陽光從葉片間篩落時偶然的陰影。娃娃跟在她身邊不斷說話，少女獨有的明亮感讓她也能沐浴在光裡。

「我們老師說她一直覺得我很眼熟，不過是我上台報告那天講到妳，她才想起來我長得像誰，還叫我也唱一段《歌劇魅影》，超扯！她也說我跟妳長得一模一樣喔，只是我是高清版，哈哈。」娃娃興高采烈地邊走邊跳邊嚷邊說，她渾身散發出來的光，像是下一秒鐘就要站到大街上，所有路人都會在她身後排出隊形，眾星拱月地圍著她，動作整齊俐落地開始唱歌跳舞。

和黯淡的她相較，娃娃確實是高清版。

娃娃剛出生那幾年，她曾經因為這個漂亮小女孩「長得像她」而沾沾自喜，但如今，這卻反倒成了某種詛咒，像是隨時隨地在諷刺這年紀的自己，失去了年輕時的光華，如今也平凡得不算幸福，無論回頭張望或往前看，都一片蒼茫。

她對這個小女孩的愛仍毫無疑慮、不曾減少，只是，這倒顯得她不那麼值得被愛了。

「老師說啊，跟妳那時候比起來，我超乖的耶，姑姑妳以前是有放火燒學校嗎？為什麼連我都算乖啊？哈哈哈哈哈。」

「乖啊？」她歪著頭笑了一下，輕輕把話題撥回少女那一邊。「我覺得乖不算是一個誇獎耶，乖其實有一種無聊的意思在裡面，就是聽話嘛，但是聽話，不見得是好事，所以我沒有很希望妳乖喔，我希望妳可以分辨別人要妳做的事情對不對，然後不要刻意做傷害別人的事，這樣就很好了。」

「蛤，妳說的那種才無聊吧？」

「也是，有點無聊。但是妳竟然敢說我無聊？高清版了不起啊！」她伸手扣住女孩的肩頸，用力揉亂她的頭髮，娃娃尖叫起來護著瀏海。而她想著，當年只差沒有燒了學校的自己，竟然或者畢竟，也成為無聊的大人了。

兩個人吵吵鬧鬧回到家，在家門口正在找鑰匙開門時，嫂嫂用不尋常的車速從巷口飆進來，猛地煞在門口，安全帽沒脫就跳下機車，朝著娃娃衝過來怒罵。

「郭菱菱妳給我死到哪裡去了！」

「我沒有啊。」

「我在學校門口等妳等好久！到處找人問，妳同學說看到妳跟著別人走了，打妳電話又不接，快嚇死我了妳知道嗎！」

「咦，姑姑來接我啊妳不知道嗎？我剛剛都在跟姑姑聊天，沒聽到手機響呀。」娃娃無辜地低頭翻找書包裡的手機，她連忙接話：

「對不起，是我排演結束剛好在娃娃學校附近就順便去接她了，我有跟媽說……」

嫂嫂眼神掃過來，彷彿拚命想壓抑什麼，眼睛周圍微微泛紅，不知道是氣的還是急的。「可是沒跟我說。」

「對不起，我以為媽……真的對不起，我以後會直接跟妳說。」

嫂嫂沒再接話，轉身走回機車邊，脫下安全帽掛上把手，把車子牽到路邊停好。她也知道，再怎麼火，對小姑能說什麼呢？但不表示心裡就沒什麼了，加上早餐那回事，嫂嫂恐怕覺得這裡一屋子敵人，但不是的。

她追上去不斷道歉：「對不起，是我沒想太多，真的對不起，我……以後我會先跟妳說……」

她陪著不知心裡好些沒的嫂嫂走回門口，娃娃沒事人一般，靠在門邊把長腿捲成麻花，兀自滑著手機，等著她們回來開門。

三個女人陸續進了家門，成了四個。媽媽看見她們進門，突然想起似的。「哎唷，我忘記跟妳說她要去接娃娃了。」並不是一句道歉，只是陳述事實。

「來不及了啦阿嬤，剛剛媽媽已經罵過我跟姑姑了，妳下次要早點講啦。」

娃娃閃身進自己房間前說了這麼句，毫不在意地，一點沒看到媽媽嫂嫂和她全都瞠大眼睛。

「我才沒……」

「不是啦……」

「妳罵她們幹什麼啊？人家她好心要幫妳接小孩，啊就只是忘記講而已，這樣也在不高興？那妳小孩都自己帶啊，還有一個在保母家以後也不用去了啊，當初是妳自己要堅持上班的，我就說這樣兩頭忙很累妳就不要，要有什麼自己的空間，奇怪我是沒有給妳自己的房間睡嗎？啊現在在那邊給我使性地是怎麼樣？幫妳接個小孩也不行嗎？」

「媽，不是啦，是我忘記跟大嫂講……」

「啊妳有跟我說妳要去接娃娃啊，是我沒有講嘛，啊我忙著準備晚餐忘記了，都怪我啊，罵她們幹什麼？」

「媽……妳不要這樣，我知道大嫂的心情……」

「啊我咧？妳都知道妳大嫂的心情那有沒有人顧到我的心情？養妳養那麼久惜命命都捨不得妳受點委屈，現在也去站她那一邊，妳跟妳哥都同款啦有夠不孝！」

媽媽氣得眼眶泛淚，回廚房將手上鍋鏟扔進流理臺，關上正在燉湯的瓦斯爐，氣呼呼地回房去了。

「我去保母家接弟弟，中間會帶他去公園玩一下再回來，你們先吃，不用等我。」嫂嫂轉頭，穿上她才剛脫下的鞋，離開這個她才剛回來的家。

大家都回家了，這個家裡卻好像只剩她一個人，像個寂寞的舞台。

事情到底是怎麼演變成這樣的？

如果她不要去接娃娃就會沒事吧；如果她今天下午真的在排練就不會去接娃娃了吧；如果她沒有為了結婚而到臺北去，她現在應該還在那個劇團裡和大家排戲吧；或者如果她到了臺北繼續待在劇場，或者還在那個魅影的地下迷宮似的婚姻裡，她也不會在這時候回來吧；如果她在臺北不要在乎夫家說她是「找到長期飯票的小模」而賭氣把自己塞進個莫名其妙的工作裡，她就不會愈來愈無法忍受婚姻吧。

如果她還是當初繼威在台下凝視的，閃閃發光的，演著戲的自己，他也不會愛上別人吧。

那麼這一切都不會發生吧？

她走進廚房，濾網裡瀝著撕去纖維折成小段的龍鬚菜，拍碎的小黃瓜已經醃好裝盒待冰，兩分鐘前還小火滾著的那湯，不用開蓋，聞就知道是狗尾雞湯，她最愛吃的。

都是她最愛吃的。

砧板上疊著片得薄薄的苦瓜，旁邊小碟裡備著浸漬米酒的鹹蛋黃與辣椒末……她愣愣望著那一小撮搶眼的紅，原來，媽媽是知道的。

嫂嫂如果能吃到多好。

她決心讓這撮碎紅上她應上的舞台。

她撿起媽媽甩在流理臺的鍋鏟，開水沖淨（媽媽就是媽媽，連摔鍋鏟都要挑好處理的流理臺摔），想接著媽媽的工作完成晚餐。之前在婆家煮菜，因為婆婆注重飲食清淡養生，她雖然愛吃苦瓜鹹蛋，卻沒有機會動手做過。打開手機找平常追蹤的美食帳號看食譜，滑著滑著反倒看見下午那則關於早餐的「靠北婆家」，有個熟悉的帳號在底下回文，那是她臺北的大姑，雖然沒有加好友，但總在繼威的動態回文按讚，她並不陌生。

妳的心情我懂
我雖然是菇類但是我對弟媳很好
但她真的超扯超愛占小便宜
她很愛偷用我的沙龍洗髮精而且問她都不承認
明明洗完澡出來都是同一種香味
她那種屈臣氏買的怎麼可能跟我同一種味道
害我乳液都不敢放在浴室裡只能鎖在房間用
不能洗完澡立刻擦乳液超不方便
雖然本來就是因為自己不會賺才想找我弟這種老實人結婚

但也太誇張
勸你不要一天到晚擺女明星的架子好好賺錢不要只想靠老公
我問同事根本沒人聽過她還自以為很紅
還好他們現在快離婚了我弟終於清醒
倒霉的是我男朋友的媽媽也是
竟然第一天去就要我洗碗
我都還沒嫁進去就急著當巫婆
奇怪這些人怎麼都那麼愛占別人便宜

各種安慰與抱怨在貼文與留言的留言底下展開，許多回應不見得和那則早餐的原文有關，但無論是巫婆毒菇或惡媳，每個人都有想要扮演的另一個角色，需要（被）伸張正義。

她忘了自己原本想找苦瓜鹹蛋的做法，站在流理臺前抓著手機，點開留言區，一則一則細讀起來。想像那是一個和自己無關的世界，只存在於某些長壽到不知道還能怎麼延壽的鄉土劇裡，那會是別人的故事，也許是速食店裡聽來的陌生人的談資，而她還是只差沒有燒掉學校的那個聰慧調皮得令老師們頭痛的鳥類少女，媽媽寶貝著的靠臉吃飯的舞台上的演員，在《歌劇魅影》這樣的戲碼中扮演甜美善良歌喉嘹亮的克莉絲汀，而不是醜陋的魅影，魅影誰演都沒有關係，巫婆毒菇惡媳誰演都沒有關係，但她必須是克莉絲汀，必須是克莉絲汀。

嫦娥應悔

闃黑的瑜珈教室裡，零星幾點光源在三面鏡牆與一面被夜色襯成鏡的落地窗四方交映下，化為一片頗有層次、遠遠近近的星空。

總在這樣的時刻，我才覺得，這是我想要的月宮。不是祂們給我的那樣，也不是他們以為的那樣。

這個小小的片刻月宮裡，掛著十來顆淺黃色的絲繭，在薰衣草、廣藿香與依蘭依蘭的香氣中，學員們一個一個裹在掛布裡大休息。照例，我隨意挑了一個繭，將麥克風塞進去，裡頭那個我也不確定是誰的聲音，透過懸掛在教室四周的擴音箱傳了出來。

「……從此以後，他就到處跟共同朋友說，我會有錢開店是因為有乾爹在背後當金主，才會嫌貧愛富拋棄他，可是我根本沒有跟他在一起過，他還一直跟別人說，以後誰跟我在一起就是做資源回收，撿別人玩舊玩壞的女人。」

大休息時隨意挑一個學員發言，是奔月瑜珈的慣例，無論是不是我親自上課、無論是哈達瑜珈、熱瑜珈、陰瑜珈或空中瑜珈，都一樣。在黑暗與環繞式音響的保護下，那個迴盪在月宮裡的聲音可以是任何人，學員們一開始有點不習慣也怯於發言，後來非常喜歡這個設計，尤其奔月瑜珈只收生理女性學員的規則，或多或少提供了一種微妙的安全感，像是這話一說出去，就永遠封存在真空的月宮裡。

但又不真是那樣，也許讓她們願意傾訴的，反倒是這點。

「可是他又每天到我家樓下堵我，一碰到就逼問我為什麼不能給他一次機會試試看，說什麼我們可以從朋友做起，不要把事情弄得這麼絕……好笑！當初拒絕他的時候，他還罵我賤人，說不跟他在一起的話，一開始就不應該給他機會耶！現在給我說這種話，人家不知道的還以為我多過分！弄得現在我都不敢回我住的地方，每個禮拜輪流去不一樣的朋友家裡睡覺，現在想搬家還得偷偷搬……」

大休息結束後，我打開教室裡的燈，月宮消失。學員們紛紛從掛布裡鑽出來，有些不趕著離開的幫忙把掛布取下，有的去淋浴間沖澡，有的三兩成群聊天，有的獨行俠似的走出去，有的滿嘴甜蜜地對我道謝又道別。

有的呢，就和維妮一樣，絲毫不在乎身邊紛沓擾攘的腳步，繼續蜷在掛布裡，睡得就像她天生是隻蝙蝠。「起來了啦，再睡我要收過夜費了。」我走過去搖搖掛布，側抬腿，瞄準應該是她屁股的位置踢下去。

「呵……」拉開掛布，裡頭不意外的是維妮無辜的表情，揉著圓圓的臉上細細的眼睛，仍然非常睏的樣子，一不小心還會讓人為了打擾她的酣睡而有點歉疚。「仙女姊姊，妳應該要再開個更晚一點的課。」

各種年齡層的學員都叫我仙女姊姊。每次有人問起我的年紀，我都坦白說過了五百歲以後就沒認真算過了，她們一開始還纏著追問，後來發現我的說詞比她們偷吃的另一半都還堅定，索性都親暱地叫我仙女姊姊。

這個稱呼，我是完全擔得起的，也就隨她們叫了。

「這堂課就、已、經、是加開的晚班了，別忘了還是妳當初死活求我才多開的，下課都晚上十點半了耶，想累死我嗎。」我繼續搖晃掛布，不這麼做的話她會睡回去的，她真的會。「妳那時還答應我如果多開這堂課，妳會留下來幫我收拾整理喔，快給我去拖地板，不然我要取消這時間的課了！」

維妮哀嚎一聲，乖乖爬出掛布。我挺喜歡這姑娘的，她的職位好像是行政還是助理，或者總機之類的，總之不是什麼薪資優渥的位階，老闆娘還會每天準時在下班時間出現在打卡鐘旁邊，質問每個企圖下班的員工是否交辦工作太少以致能準時下班，因此一年多前成為學員後，總是連最後那堂八點半的課都趕不及上。

我前些日子曾為了她和同樣因為加班趕不及上課的學員，在知名的影片分享網站上開了一個頻道，帶基礎瑜珈與伸展，雖然並沒有持續太久就因為某些原因停止更新，不過還是為此跟西王母娘娘略有齟齬，祂說這樣一來，下次要到另一個地方改變身分重新開始時，會很麻煩。

天神擅長消滅某人的某段記憶，不過拿網路還真沒辦法。

當然祂不滿的還多著，好比說我與不同男人約會這回事，聽說讓天庭諸公對我的不守婦道相當震怒，開會時把氣都出在西王母娘娘身上，火氣一旺，母豬破麻仙女病什麼的都罵得出來，並不比人間用詞有新意。

擁有長生不老的美貌，確實讓隱藏身分低調生活這回事提高不少難度，但這難道是我的錯嗎？如果當初我不曾吞下那顆藥，長生不老的就是那個猥瑣卑鄙的寒浞了！我能造成的最大威脅，不過就是拍了幾支爆紅影片讓他們苦於湮滅證據，和複數以上的男人上床，讓祂們期待中那個活多久就守寡多久的悲傷少婦形象破滅而已。

「仙女姊姊老是刀子嘴豆腐心，我才不怕。」維妮跳下掛床，摸摸自己的腰。「不過終於能上課了也沒有變瘦一點，可惡……哎呀妳別瞪我，我知道做瑜珈是為了鍛鍊核心，不是為了減肥……」

「我跟妳說，做瑜珈練核心什麼的其實都騙人的。減肥塑身燃燒體脂肪最好的方法就是……」

「就是做愛，一直做愛，拚命做愛。」維妮搶在我之前接話，我忍不住笑出來。「這種話從仙女姊姊嘴裡說出來真是，特別違和，又特別有說服力。」她盈盈一笑，收好自己的那塊掛布，快活地跑到工具間拿出拖把水桶開始幹活。其實每天早上都會有固定合作的清潔公司派人來打掃，課堂結束後要幫我拖地也不過就是當初隨口亂開的條件，而她只要有來上課，幾乎都乖乖做到了。

看著哼歌拖地的維妮，不自覺會想到家裡的狗狗咪兔，她們都是圓圓軟軟愛撒嬌的小姑娘，我會這麼難以抗拒維妮的各種要求，又拍瑜珈教學影片又加開晚班的課，恐怕就是因為她們太像，都讓我想起很久很久以前，還沒有清楚意識到這世界上有半數人類天生就能輕易傷害自己，還活在被寵愛的時光裡的，那個姮姮。

平常的櫃檯助理今天生理假，於是在維妮拖完地、確認淋浴問裡沒有其他人、用具都已經收回隔間、而最後一個學員終於願意結束在門口和我的小聊以後，我們也各自背起自己的包包，走向門口。

「今天給妳關燈。」

「真的嗎？」維妮大喜過望。她和我一樣非常熱愛最後關燈的動作，她說那是一種終於完美結束一天的儀式，這恐怕是因為她永遠在燈火通明的公司裡加班關不了燈。我呢，我只是純粹不喜歡明晃晃的燈光，尤其在瑜珈教室的四面鏡牆重複反射下，那樣無限展開的空曠與荒涼，讓我想起無論走到哪裡廳廊樓閣就會自動複製展開到哪裡、蠟燭永遠吹不熄、永遠走不出去的廣寒宮。

確認燈火一排一排地熄滅，對我而言極具療癒感。

她蹦蹦跳跳衝向門邊的燈控箱，啪啪啪才關了三排燈，突然一個矮小身影奔進教室，我在被撞上前趕緊跳開，那身影在我和維妮來不及回神前轉身使勁關上玻璃門，扣上兩道玻璃門中間的門鎖。

維妮的驚呼聲中，另一個身影也隨後趕上，在外頭發狂地搥著剛鎖上的玻璃門。「出來！妳給我出來！幹妳這個瘋蛤仔給你爸這麼沒面子，你爸不給妳一點教訓妳當你爸是紙糊的！」

奔進瑜珈教室裡的那人喘著氣連連後退，險些又要撞上我，接住她以後才看清楚那是剛下課的蓮媽。蓮媽顧名思義是蓮芳的媽媽，六十歲上下，蓮芳也是學員，上了半年課以後幫媽媽報名並付清了一年的學費當成母親節禮物，由於不能退費，所以任何節省的媽媽都會乖乖來上課，蓮媽是這樣來的。

我攙住因為不斷後退而險些被自己絆倒的蓮媽，望向還在玻璃門外叫囂的男人，如同以往，我看得清楚那張充滿雄性特質的面孔，卻無法清楚地認知他的長相；聽得到一連串聲音也推敲得出那是叫罵，卻始終辨識不了確切的內容。唯一清晰的，只有他抓著門把猛力搖晃玻璃門的動作，還有玻璃門與金屬門鎖劇烈撞擊的刺耳聲音。

那聲音像尖銳淬毒的爪，凌空抓起我，狠狠把我甩回沒有盡頭的記憶時空。

匡啷匡啷。

他第一次得到賞賜時，像個娃兒一樣得意又雀躍地在我面前展示受賜的珠玉，連聲說只要是他的，都是我的，然後一串一串往我身上掛，匡啷匡啷，匡啷匡啷。

這畫面裡最讓人稀罕的是他，哪裡輪得到珠玉。

匡啷匡啷。

向來力大無窮的丈夫，必須被綑上鎖鏈，好幾個壯漢齊齊拖著走，才能勉強將他扯離我身邊。鎖鏈與冰涼的玉石地板撞出響亮的聲音。匡哴匡哴。姮姮、姮姮……他喊著，姮姮，匡哴匡哴，姮姮。他的口中我的閨名被鎖鏈敲擊聲掩蓋，又被拖得漸淡漸遠。

匡哴匡哴。

寒浞每夜來敲門，每夜帶了不同的珠寶，在我門前敲出響亮的聲音，要我開門。我知道他想要什麼，他什麼都想要，他想要這些珠寶，他想要后羿的女人，他想要只有我知道藏在哪裡的長生不老藥，他還想要我心甘情願歸順於他，才好讓他昭告天下自己不是一個叛徒，能當正主。

在寒浞眼中，我不是姮姮，沒有名字，只是一個上頭寫著「王的女人」的美麗冠冕，一條通往王座的陰道，他必須把后羿的形狀改成他自己的形狀，才覺得自己完成了這場篡位。

可悲的是，即使在那麼驚恐害怕並痛恨他的當時，就連我自己也打從心底那樣相信著：我是為了丈夫守住那扇門，不是為了自己。

匡哴匡哴。

我始終不願開門迎接他，門外的珠寶敲擊聲，變成了憤怒的搥門、怒罵、吼叫，以及難以理解上下句相關性的羞辱。

「開門！妳給我開門喔，妳這個破痲都給人用爛了還在那邊假正經，還有人要妳就偷笑了，你爸叫妳開門是沒聽見嗎！」

那不是四千年前的事了嗎？我迷糊了，在令人暈眩的記憶錯置裡恍恍然弄不清時空順序。

匡哴匡哴。

「仙女姊姊，怎麼辦？」維妮的聲音將我帶回瑜珈教室。

「先把燈全部關掉，我們去櫃檯旁邊躲著，打電話報警。」我悄聲說完，隨即厭惡起自己的反應。其實，只要我們還在這空間裡，只要出入口還被那人堵著，那麼無論用什麼音量說話或者待在哪裡，都不會讓情勢變得安全一點點——那只是弱小物種天生就想對強敵掩飾行跡的本能，跟四千年前在寢宮裡一聽見寒浞要來就躲，是同樣的本能。

所以在該死的四千年後，我竟然還是得在同樣的情境，動用同樣無用的這種生物本能？呸。

黑暗中，我和維妮帶著蓮媽退到玻璃門外看不清楚的櫃檯邊，我打電話報警，維妮安撫蓮媽，她原本紮起來方便做瑜珈的髮髻狼狽散落，還穿著上課時同一件瑜珈褲，上半身則是在運動背心外多加了一件寬鬆T恤，白色T恤和她的手臂臉頰一樣都出現了污痕和血跡，但看不清楚究竟哪裡受傷了。她縮在櫃檯旁邊的角落，沒有哭沒有叫沒有說話，什麼聲音都沒有，好像所有的聲音都被門外的男人拿去揮霍了——有這種版本的人魚公主嗎？到頭來你以為的王子就是把最珍貴的聲音騙走的巫婆本人。

唯一能感受到蓮媽情緒的，只有手放在她肩上時，從她身體深處傳來的震動。我不知道那是不是能稱作顫抖，我想那遠不止顫抖。

我從櫃檯桌上抽了兩張濕紙巾給她，她卻只是握著，似乎沒有意識到那紙巾是做什麼用的。

「蓮媽，外面那位是妳先生嗎？」蓮媽搖搖頭，然後點點頭，又搖搖頭。

「我們，住在一起。」

年邁的管理員氣喘吁吁地追上來，接著玻璃門外多了幾個身影，有的叫管理員不要管別人家務事，有的不時拉拉咆哮中的男人，動作看來是想要勸解，不過嘴裡說的話又不像那麼回事。

「榮哥你就是對她太好啦，給她上什麼瑜珈課？要減肥多做一點家事不就好了。」

「穿成這樣有夠見笑，屁股該邊都給人看了了，落翅仔也不會穿成這樣。」

「也不想想自己幾歲了，這麼不知羞恥是想要嬈給誰看？」

「帶回去教訓啦這裡吵不好看。她不要臉你還要臉啊。」

在櫃檯這邊看不太清楚外頭，不過聽起來說話的人之中還有女性，不管女權主義者怎麼抱怨，至少在羞辱女性這方面可是完全男女平等人人有責，巾幗不讓鬚眉的。

警員趕到後，我打開了玻璃門，門外三男一女，面容都是模糊的，我只能辨識他們的嘴巴都在開合，少不了讓人厭膩的老套威脅、振振有詞的歪理、聲稱是自己家事不用警察管的說詞，還有愚蠢的裝腔作勢，這全部、全部，都讓我感到無聊，不只耳朵，連子宮都聽得要長繭。蓮媽靜得出奇，靜得那人罵到自覺丟臉，當著警察的面對蓮媽揮拳，接著又被亂七八糟地拉開，總之最後鬧事的上了警車，那些「勸架」的也都跟去了。

雖然真心不想再待在那樣令人厭煩的對話裡，但因為需要協助做筆錄，我和維妮也一起去了警察局。

就像任何時代想撐出威嚴場面的公權力，警局裡總是明晃晃的，白熾日光燈拒絕任何曖昧與想像，務求冷而銳利。與此相反的是聲音，必須屏除警局裡其他案件關係人的各種吵吵鬧鬧七嘴八舌，專注在本案的吵吵鬧鬧七嘴八舌，才能好不容易拼湊出爭吵原因：蓮媽在瑜珈課下課後直接到附近的熱炒店去，本來要加入同居人及其友人的聚會，結果因為穿著全包覆的瑜珈褲和露出運動背心肩帶的寬鬆T恤，顯得過於暴露風騷，被同桌友人開了下流的玩笑，同居人一怒之下揍了蓮媽而不是開下流玩笑的友人，蓮媽一路逃躲，就躲回了瑜珈教室來。

雖然本來就不預期導火線是什麼了不起的事，但這原因還是讓我小小地絕望了一下。這段故事裡充滿了連女媧都補不起來的巨大破綻，但我連一一指出來都懶，不是說好了有什麼進化論可以保證人類過了幾千年可以變聰明嗎？還是說所謂的物競天擇其實留下的是這種暴力愚蠢的人種？

小小的警局裡擠滿了各式爭執，怕都是這樣與剛剪下的腳趾死皮同等重大的事件：五點鐘方向傳來尖叫怒罵說警察襲胸性騷擾，另一個聲音懶洋洋地說剛剛碰妳的都是女警喔我們都有遵守程序，這位太太妳不要血口噴人；八點鐘和十點鐘方向各有兩名被刻意拉開的女性互相對罵，可依照內容辨識出十點鐘方向的是正宮，八點鐘方向的是小三，而我沒聽見任何語句，聽來像是出自正宮與小三的戰爭之間必須的那位關係人——無論是男是女。

維妮倒是不負她的年輕氣盛，激動憤慨地幫蓮媽罵回去，認真解釋說我們穿貼身運動服裝是為了讓老師看清楚動作有哪裡不正確，可以馬上修正；說有問題的是那些對著都蓋到屁股的寬鬆T恤還可以講下流話的人，而不是下課後急著趕過去連淋浴換衣都來不及的蓮媽；說蓮媽有上瑜珈課的自由，不用同居人答應，況且那學費也不是他付的；說……呃，還說了什麼？其實我沒有很認真聽，我滿腦子想著該怎麼把達爾文從他的地獄裡借提出來，質問他的進化論是出了什麼問題。

「小姐請妳冷靜一點，這麼歇斯底里對事情沒有任何幫助……」

幾乎一模一樣的句子，在兩處同時響起：一句在五點鐘方向那個罵警察性騷擾的現場，一句在我眼前，某個精疲力盡得連我都感同身受的警員，對慷慨陳詞的維妮說。

我是不覺得維妮歇斯底里了，還心想這孩子大約是睡飽了，反擊起來相當有邏輯，但警員這麼一勸，維妮立刻發自內心地歇斯底里起來。「你有什麼毛病啊？打人罵人沒道理的是那些人，叫我冷靜？我看起來有比那個打人的王八蛋更歇斯底里嗎？為什麼是要我冷靜啊？」

「小姐你這樣真的很不好，警局裡是講道理的，妳冷靜下來講道理好嗎？」警員再三勸解。

「嘿啊，講點道理喔小姐，我們都文明人吶。」那群把警局當熱炒店續攤的傢伙們仍舊面容模糊，而我能從他們的聲音裡想像出搭配這段嘲弄的那種笑容，彷彿剛才維妮都不是在講道理，講道理的都是他們那些沉痛表示瑜珈褲不要臉的人。

「哎喲這警察局怎麼都是一些肖查某？人家警察先生都有說，要冷靜才能好好解決問題啊。」

維妮啞口無言了，而在她沉默的片刻，彷彿正為了迎合他們的說法，五點鐘八點鐘十點鐘方向正響起高亢的女性聲音，於此同時不斷發生的男性怒罵叫囂，也許因為天生音頻低，並且無所不在因而難以指認來處，竟像是任誰都習以為常的背景音。

連聲音都是天生不平等的。

維妮數度望向我，期待我能說些什麼幫腔，雖然對她非常抱歉，但我真的沒有辦法。這麼漫長的歲月以來，無數次落空的溝通已然讓我油盡燈枯，我終究也成了那種走到維妮身邊拍拍她肩膀說「別理他們就好了」的鄉愿。

我沒有忘記，曾經也是這樣的鄉愿、這樣的句子讓我受傷的。只是一個人，即使是一個普遍認為擁有強大韌性的女人，活了那麼久，試過那麼多次徒勞的申辯，也會有想要放棄的時候。

我轉頭，視線找到靜靜坐在桌邊的蓮媽，警局裡天殺的日光燈讓她身上的擦傷挫傷與污跡看來更淒涼，而她還是沒有發出任何聲音，恰如其分地演繹他們想要的冷靜。她不打算提告，對開驗傷單的提議搖頭，除了維妮以外，大家都很開心，覺得這女人明事理，帶回家好好教就沒問題。我看著她空洞地望著磨石子地板的某一個點，想起才不久前的課堂上，她好緊張，一邊小聲尖叫一邊搖搖晃晃地爬上淺黃色的柔軟掛布，成功做出平衡式時，那副開心的模樣。

蓮芳和她先生趕到，連聲對我和維妮道謝，蓮芳奔過去抱住蓮媽的時候，蓮媽才彷彿終於有了點欲淚的表情鬆動。我也許猜得出為什麼蓮媽要跟這個男人同居，也許想像得到她不提告的原因，也許這四千年至少教會了我世界上太多沒辦法用單一價值觀決定對錯的事情——即使如此，即使如此，我還是非常心痛。

折騰了大半天，我和維妮準備離開的時候已經過了午夜，我聽見維妮走到一旁去打電話，猜想她應該是想找誰來接她，就自己在ＡＰＰ上叫了車。

「還在加班啊？喔……對啊，沒事沒事，你忙你的沒關係，好……我會先睡，晚安。」維妮結束通話，似乎連需要救援的事都沒在電話裡說出口，轉頭有點不好意思地問我：

「仙女姊姊，妳可以陪我回家嗎？」

「怎麼了？沒找到人來接妳？」

「嗯，我……我室友還在加班，可是我的機車放在瑜珈教室樓下，我想從這裡直接回家，可是不敢自己搭計程車……」

我還在想著我的ＡＰＰ能不能臨時更改目的地，好讓我先陪維妮回去，旁邊一個與本案無關但滿身酒味的男人先笑了出來。「唉唷拜託，小姐妳很安全啦不用怕好不好，這麼大一隻，我在路上看到妳，才怕妳對我怎麼樣好不好。」

一邊說，那面容模糊的漢子一邊發出刺耳的矯揉尖叫，雙手扭捏護胸，誇張地往旁邊躲，在場的人全爆笑出來。毫無意外，也有女性在內。

「哈哈哈，我就是怕自己在路上獸性大發對別人怎麼樣啦，找個人陪我是要保護別人的安全啦哈哈。」維妮跟著笑，一隻手還在空中揮啊揮的，彷彿想要搧掉什麼她不願意被誤會的想像。

她嘴角的弧度超過了平日笑容的平均值太多，手掌揮動間，許多無辜的小塵埃驚慌四散。依照書上讀到的蝴蝶效應，此刻世界上某個地方應該有個六歲的小姑娘，正被迫嫁給付得出一頭牛的男人。

就因為那個手勢。

或許，也因為剛才維妮望向我求救時，我的沉默。

「哎呀這樣就對了，這樣很安全，妳安全，我安全，別人也安全，大家都跟妳一樣就天下太平了啊，警察就輕鬆了啊，可以少很多麻煩耶……這樣好不好，我看妳護送妳朋友回去還差不多啦，人家被強姦十次大概都還輪不到妳一次，妳免煩惱啦好不好。」

我被強姦過幾次呢？有沒有十次？我從來沒有想過要去計算這種事情，照這人輕盈風趣的說法看來，也許應該考慮在家裡的牆壁上貼個海報畫正字計數，畢竟我合該是被強姦經驗豐富的那種女人。

我確實記得第一次，和最近的那一次。第一次是寒浞，殺了我丈夫與兒子的那個人，在他終於等不下去時，踹開了薄弱的門扉，在侍衛與婢女面前，完成了他取得合法統治權的最後一哩路；最近的那一次是一個哲學系男生，那天我以為只是個普通的約會，而事情結束之後他跟我說，我們要正面看待情欲流動，不要被舊有的觀念束縛，性解放之所以過了那麼久還原地踏步，都是因為我這樣故步自封的保守女性，老是占著受害者的位置不放，才讓父權遺毒如此僵化穩固。

四千年，我猜這樣的手段演化，也算得上是一種進步吧。

「我們現在這個社會男女平等啦，男生也會被強姦啊，不要以為只有你們女生有危險而已好不好，我們也是很害怕耶。我們人人有責好不好，妳們這樣一天到晚怕被強姦，我們這些沒有強姦別人的男生就很無辜很弱勢吶，這樣警察工作多很多實在很辛苦吶。」

我以為自己再也波瀾不興的心裡，彷彿有個還沒被踩熄的火種，某個撞上石頭的浪花，被喚醒了。

「為什麼你會覺得你有資格說這種話？」這樣一心爭取平權、協助維持社會秩序的優良公民真是令人敬佩，我忍不住走上前欺近他，希望能多了解一些這隨時隨地心懷社稷的情操。「這麼為警察著想，那請問你是什麼原因進警察局的？」

「啊我……奇怪幹嘛跟妳說？我們有緘默權好不好，我們有不表態的自由吶，我們也有言論自由吶，而且我只是開個玩笑好不好，現在是開個玩笑都不行喔？人家那個妹妹也沒有生氣，妳是在生什麼氣？我們又不是說妳會被強姦，啊也不是真的要強姦妳，我們是打個比方，是說妳很漂亮的意思妳有聽懂嗎？妳應該謝謝我吶，玩笑都不會聽，誇妳漂亮都聽不出來，這樣不行啦好不好。」

「沒——有——，人家沒有生氣啊，人家只是好奇你哪裡弱勢，因為你不強姦別人所以你很弱勢？還是你不能選擇會不會被強姦才叫弱勢？」我動用最輕柔最和緩的語氣，還破例特別加入一些娃娃音，俯身靠近他那張我怎麼都看不清楚的臉，希望他聽得夠明白。「人家好好奇喔，你為什麼覺得自己可以講這些話，什麼資格說這個女生會被強姦那個女生不會被強姦，你這麼說是因為你有做過什麼研究嗎？還是就因為你有一支陰莖？」

「什麼啊！妳這個女的漂漂亮亮的說話怎麼那麼髒？」那男人猛地伸腿，椅腳發出難聽的刮擦聲，連人帶椅遠離我半公尺。

剛剛哄堂大笑的那些人竟都鴉雀無聲，我覺得我比那人幽默多了，為什麼他們都不笑呢？我們不是應該有開玩笑的言論自由嗎？為什麼我開玩笑的時候他們要行使緘默權呢？

「嗯？人家哪有，人家說了什麼髒話？強姦？還是陰莖？」我靠近他。他再後退，我再靠近，他起身離開椅子，我便跟上去。「人家超好奇的，你覺得強姦比較髒還是陰莖比較髒？你一直講強姦所以應該不是覺得強姦髒吧？所以你是覺得陰莖很髒嗎？是嗎？」

「妳一個女孩子家一直把強姦和那個掛在嘴巴上，有沒有教養啊妳！」那人竟然躲到警員身後去了，警員卡在我們兩人中間，不得已只好出面緩頰。

「小姐妳冷靜一點，不要這樣……」

「人家從頭到尾沒有大聲沒有吵鬧沒有罵人，就只是問他問題，請問警察先生，人家是哪裡不冷靜？」

「妳看妳這樣就太那個了啊，一個女生好好的不要一直講什麼強姦什麼懶覺啦不好聽啦，枉費妳長得那麼漂亮皮膚那麼幼，這樣會嚇跑男生吶。」

胸腔裡湧起四千年來我所學會的所有髒話，一時之間我無從選擇要讓哪一個脫口而出，說起來那些髒話裡有十分之九都是用來罵女人的，而此刻，我最不想罵的就是女人。

我想罵達爾文。

警局外，我叫來的車已經抵達，駕駛座裡探出一張困惑的臉東張西望，我掃視一圈狹小的警局，最後決定算了——不，我「只能」算了，那不是一個決定。

「我們走吧。」我伸手按了按維妮的手背，她嚇了一跳，但還是趕緊拎起包包跟著我離開警局，才剛轉身，都還沒走出門口，我已經感覺到後頭那群人鬆一口氣似的，音量開始爬升。

我趕在聽得清楚他們在說什麼之前跳上車。「先生你好，我們臨時想改下車地點，可以嗎？」

「可以啊，在妳的手機上改就好了，不過要重新算錢喔。」

「好，沒問題。」我低頭滑開APP，問維妮住處地址。

「啊？仙女姊姊妳不用送我回家啦，應該我送妳回去才對，妳那麼正……」

根本沒辦法等她把話說完，我抬起頭來狠狠瞪住她。「妳這句是認真的還是開玩笑？」

維妮像是被我嚇到了。肯定會被我嚇到的，我的眼裡冰結了四千年的寂寞星球，稍微失控就可能凍傷了誰，可我並不想傷害維妮，即使她是這麼慣於被傷害。

「先給我妳的地址。」我眨眨眼，深呼吸，並且假裝自己沒有在深呼吸，試著將剛才的凌厲抹為錯覺。「我要送妳回家。」

在APP上重新設定下車地點，和司機確認後，我往後倒向椅背，想著該怎麼說，維妮倒是先湊上來拉我的手。「仙女姊姊——不要生我的氣嘛。」

我不知道為什麼這世界對人的判讀只剩下「生氣」與否、「冷靜」與否，好像人類的情感可以這麼一乾二淨，好像一個事件裡生氣的人就不冷靜，冷靜的人無論如何就是正確，甚至就是正義。

「我對妳不是生氣，是無奈，我氣的不是妳。」

甚至，我氣的也不能說是那些人。但要解釋這些太麻煩了，這人間已經耗盡我的耐性。

「那妳教我嘛，不要無奈嘛。」維妮撒嬌著搖我的手指，食指搖搖，中指搖搖，那雙亮晶晶充滿信任的眼睛，啊，再度讓我想起家裡的咪兔，我要趕快回家抱抱牠才行，我好想念牠身上臭臭的狗味。

「剛剛妳那麼認真幫蓮媽辯護，為什麼在別人說妳長得很安全的時候，妳要這樣說自己？」

「因為我是真的很安全啊！」她回答得太快了，害我沒來得及阻止自己瞪她。「好嘛好嘛，我知道妳要說什麼，這些道理我真的都懂，可是要是認真跟他們講道理，就變成，好像我開不起玩笑，但他們就只是在開玩笑啊，至少他們覺得自己只是在開玩笑……這樣氣氛會鬧很僵耶。而且我要怎麼跟他們說『其實歹徒不挑受害者』？這句話我自己講起來都覺得，要先強調歹徒不挑，才能推測我也可能受害，然後再證明我怕自己回家這件事有道理，那就，根本是，自取其辱嘛。」

我無話可說。維妮很清楚事情該是什麼樣子，只是我們都沒有辦法讓事情變成那個樣子。

「仙女姊姊，妳要知道，我們這種不漂亮的胖女生，最大的優點就是好相處，如果被說成連玩笑都不能開的那種人，我會沒有朋友的。」

維妮下車了，我還在想著，我要怎麼說出「胖女生也值得被尊重」這樣的話，而不顯得冠冕堂皇，像個躺著說話不腰疼的臭三八。

「小姐，送完朋友之後還要去哪裡嗎？」司機轉過頭來問我，我想了一下，不太確定離開前有沒有關掉瑜珈教室裡的擴香儀，招牌的燈好像也忘了關，決定先回瑜珈教室一趟。維妮下車後，司機變得很熱情，不斷搭話聊天，我沒有和司機聊天的習慣，但也不覺得這有什麼不好，便有一搭沒一搭地回話。

「這麼晚回家，老公還是男朋友都沒有來接妳喔？要是我有像妳這麼漂亮的老婆，一定跟緊緊的，怕被別人搶走。」

「噢，他死很久了。」我正低頭回維妮平安到家的訊息，一不小心說溜了嘴，連忙改口。「不是，我是說他早就睡死了。」

「厚，是喔？嚇我一跳哈哈，妳這麼漂亮又這麼年輕，老公這樣就死掉不是太可惜了嗎？太浪費了啦。」

我停下手機上打字的動作，沒有回答。姿勢不變地悄悄抬起眼，正對上司機透過後照鏡看著我的目光，仍舊是一張我無法辨識的面容。

「沒有啦妳不要想太多，我的意思是說，妳這麼年輕，老公應該也很年輕，年輕人這樣死掉很可惜很浪費啦。」

雖然還是怪怪的，不過這解釋似乎確實說得過去，也許是我多心了。維妮傳了一張照片來，說我的環保杯不小心被她帶回家了，還丟了個歪臉伸舌頭笑的貼圖，我懶得打字，對著手機收音孔回了一個語音訊息，叫她下次上瑜珈課再帶來還我就好。

「小姐有在上瑜珈課喔？喔難怪，我看妳的身材就很好，不會像一些坐辦公室坐久的小姐，雖然年輕但是肉都鬆鬆的，妳感覺就很好摸很有彈性，是這樣講的嗎？很有彈性對吼？ㄉㄨㄞㄉㄨㄞ的這樣。」

某個難以說明的警鈴被觸發了。我抬起頭，避開在後照鏡中視線交會的可能，直直望向車窗外，已經可以看到那塊海藍底色上白字寫著「奔月瑜珈」的招牌，月球一般遠遠地亮在大街的半空中，果然忘記關燈了，但此刻直接下車回瑜珈教室似乎不是個好決定。我掃視一圈這時間的商業區，可見範圍裡的人影不及一隻手的指頭數目，而預定停車地點離最近的便利商店都太遠。

我決定跟從我的預感。「不好意思，大哥，你可以讓我在前面那間便利商店下車嗎？我有點餓了，想買點東西回去吃。」

「喔這樣，那我在外面等妳，妳買完我再載妳過去。」

「不、不用，我就住附近，自己走回去就可以。」

「沒有啦妳長這麼漂亮不可以自己走回去啦，外面色狼很多很危險，我等妳沒關係。」

「不用，真的不用！」聲音無法控制地拔尖，如果這時候有人要說我不夠冷靜或歇斯底里，我也認了。「我很餓，會在便利商店吃完再回家，會很久！大哥你不用等我。」

「很久我也可以等妳啊，妳慢慢吃……」

「不用！大哥真的不用！我會請我家人來接我！」

「喔，這樣？」餘光瞄見司機再度從後照鏡裡打量我，我趕緊調開視線，裝作若無其事，但不知道為什麼，話卻一直從嘴裡吐出來，像要掩蓋什麼令人羞恥的心思。「今天忙到晚餐都沒吃，到現在才突然餓起來，真奇怪，哈哈。大哥你開車也要記得吃飯喔，不要一忙起來就忘了吃，聽說太久沒吃除了胃腸不好還會造成膽結石……」

太蠢了我為什麼要說這些廢話？車子停在燈新光利的便利商店前，我道了謝下車，直直走進便利商店，假裝非常飢餓地在鮮食櫃前徘徊，心不在焉地抱了一堆盒裝食物，過好半晌才敢偷看一下敞亮的落地窗外，確認司機是不是已經離開，卻發現自己剛才太緊張，根本不記得那輛車子的外觀細節。

印象中是深色的吧，會是停在那邊那一輛嗎？站在敞暗我明的店裡往外看，別說車裡有沒有人，連烤漆顏色都無法確定。雖然在亮處似乎安全多了，卻又讓人忍不住想，如果此時貿然走出門外，會走進誰的狩獵範圍中呢。

重新打開叫車的ＡＰＰ，顯示出附近有三輛車可用，但沒有辦法知道剛才那輛車究竟還在不在附近。

是的，我被害妄想。我完全承認這點，活了四千年，我仍然無法清楚區隔被害妄想與求生本能的差異，我猜，所有的求生本能在實際遇上危險之前，都叫做被害妄想吧。

回過頭，我把懷裡的盒食一一放回原位，只留下一盒胡麻醬涼麵，到櫃檯結帳，雖然並不餓，但總覺得該吃點東西再走。一來是，吃點東西再離開的話，對方已經先離開的機會較大；二來是，如果這就走了出去，難保不會遇上那個司機又追上來問：「妳明明說要在店裡吃完再走的，為什麼騙我？是不是懷疑我要對妳怎麼樣？」

坐在便利商店的簡便桌椅上吃起那盒無味的涼麵時，我不時轉頭望向窗外，然後開始討厭自己不斷望向窗外的這種行為：說真的，我為什麼會懷疑一個只是想跟我閒聊而且不斷讚美我的司機呢？他這麼晚還在載客，想必是生活很辛苦必須犧牲睡眠時間多賺錢啊，我不但沒有謝謝人家願意在店外等我的好心，還對人家大聲說話了，可惡，我什麼時候變成這種人的？沒有任何證據就這樣揣測別人，真的有點過分……但，要什麼證據呢？得要什麼不可挽回的狀況下，那樣取得的證據，才叫充足呢？

上次和那個哲學系學生的約會，不就是我一直想著「不至於吧」、「不會的不要亂懷疑人」，最後才演變成那樣嗎？最後，知情的人也說了，妳如果機靈一點，一發現不對勁就找個藉口脫身，就算找不到藉口，尖叫逃跑撕破臉都好，只要妳真的不想要，是來得及的。

只要妳真的不想要。意思就是，既然妳讓事情走到無法挽回的這一步，想必，至少，有點想要吧？

來不來得及，和證據一樣，都是事後說的。會有事後，就表示已經來不及了；事前無論如何，都只會是「妳想太多」，幾個「妳想太多」疊起來，下一次就是「我這次一定也想太多了，沒有那麼多壞人的，像是那個誰和誰，都很好很有風度啊，這個人也不會的啦」。

得一直到那個哲學系學生因為對另一個姑娘下手而被判刑退學後，我才終於能從自我懷疑中稍微找到呼吸的空間，稍微願意多相信自己一點。

維妮說錯了一件事，不是只有圓潤的姑娘需要好相處。不胖的不老的不醜的，漂亮的纖細的前凸後翹的穿緊身牛仔褲或者百褶短裙的，姑娘，只要是姑娘，都需要好相處，都需要禁得起一點越界一點試探一點曖昧的灰色空間一點體溫互換的交流時間，不然就是政治正確，就是女權主義，就是無視於男人追求女人的動物天性，就是傳說中「我們得先簽上床合約，不然妳要是事後反悔就會告我」的那種姑娘。

他們忘記一件事，即使簽了合約，中途還是可能會收回同意的。但那樣的收回，會更艱辛，更可能被迫吞下去，這就別提了。

食不知味地吃完涼麵，我到架上拿了一包衛生棉去結帳。「需要紙袋嗎？」

「不需要，謝謝。但是，請問你們有後門嗎？進貨的那種後門？」

「嗯？沒有喔不好意思，我們進貨都從前門，請問妳有什麼需要嗎？」

「沒有，沒事，沒關係，謝謝。」都不知道究竟是想說什麼，我對面目模糊的男店員笑了笑，隨即懷疑自己這樣對人笑是不是又到處招蜂引蝶了⋯⋯啊，算了，人生好難，活了四千年，人生也沒有比較簡單。

裝作不在乎路邊車輛地走出便利商店，我決定走二十分鐘的路回家，二十分鐘並不久，臺灣與多數國家相比都算得上治安良好，只是這時間得孤身女子走上二十分鐘，難免讓人惴惴不安。

不是沒想過那些男友，甚至那些與我並無肉體關係的男性朋友，他們之中有許多人是會願意立刻來為我解圍的，但在這樣的大半夜裡要求一個男人來送我回家，這回事本身就很難保證在對方眼裡不帶點曖昧的粉色泡泡，若是認真戳破這些泡泡，我恐怕就得變成一個利用工具人的婊子，或者一個曲解朋友好意兼幻想自己魅力破表的公主病患者，也可能更糟，演變成另一場無從辯解的約會強暴。

不對，我分不清這之中究竟哪一種比較糟糕。

最重要的是，才剛在便利商店裡配著涼麵反覆質問自己為什麼要懷疑那位司機的我，已經沒有心力面對另一位男性——我只想一個人安安靜靜回家而已。

丑時將過，大街與小巷同樣凝結在寧謐的夜色中，至於究竟是凝結成一首詩，一幅畫，或者一部恐怖片，則視身在其中的角色性別而異。

我小心翼翼地走，仔細調整鞋底落地的節奏、雙手擺動的弧度，深怕一點失誤，會害得凝結的夜色晃動失衡，最後坍解。我盡量挑亮處走，和路燈下忽前忽後的雜亂影子比賽冷靜，手上抓著剛剛買的衛生棉——西王母娘娘知道，我已經沒有月事很久了，一個靠著長生不老藥活到現在的臭皮囊，不會有月事，再也無從懷孕，但仍然會害怕，仍然，非常害怕。

把衛生棉拿在手裡，只是以為這樣微弱的暗示可以為自己省掉一些麻煩。當然我知道有的人是不在乎這個的，但誰知道呢說不定真有哪個躲在暗處的人因此打消主意了，聊勝於無嘛，此刻我冒著手汗抓著的衛生棉，就跟凡人獻給天神的一炷清香無異：無論是求心安還是求平安，總之求袮了。

快要到家前的三分鐘路程，我稍微安心些，便轉進熟悉的小巷。小巷兩旁的住宅區都睡沉了，只有路燈失神地亮著。每個路燈前後約莫五到六步之距，影子前後交錯之際，我聽見衣物摩挲的聲音在身後響起，同時辨認出腳下某個影子不屬於我，並且正接近我，伴隨著輕得詭異的腳步聲，那腳步聲會是刻意放輕的嗎？還有，那是塑膠袋的聲音嗎？聽起來不像裝了東西的，後面那個人正拿著空塑膠袋打算做什麼事嗎？

全身的毛孔都張開了，渴望從空氣中得到多一點判斷情勢的線索，我的腳步加快，卻不敢快到會被發現加快的速度，我如果死在離家三分鐘的巷子裡，會有人知道該餵家裡的咪兔嗎？西王母娘娘說了，長生不老藥只能保證我不會衰老而死，若遇上暴力事件，還是會死的，她會幫我照顧咪兔嗎？我們咪兔還那麼小。

那人的腳步也加快。

然後超過我。

全身毛孔都在發出嘆息。那是一個穿著低跟鞋的女性，手裡抓著黑膠陽傘，另一隻手不斷擰著傘，發出類似塑膠袋的聲音，她帶著奮力一搏的神情，快速從我旁邊經過，和我一樣刻意調整過的鞋底落地方式，讓腳步聲變得特別輕，卻也讓走路姿態格外緊繃。她並不比我從容到哪去。

兩分鐘後，我回到住處，非常被害妄想地在門前張望了一會兒，確定自己並沒有被人或車跟蹤，卻意外發現，我停在屋前的機車腳踏墊，被抓得都快爛了，還嚴重移位。

那腳踏墊可不是什麼蕾絲雪紡紗做的，被抓成這副德性要多大的力氣，還有什麼神祕的動機？

滿肚子困惑地打開門，玄關仿燭火的小燈照亮趴在那兒等我的咪兔，一張萌臉甜蜜蜜地望著我，尾巴像不要了似的狂甩著圈。咪兔乖，我回家了，這是個我又想太多的晚上，多好，只是我想太多而已。

這世界上另一半的人類是不會知道的，他們討厭女人老是想太多，但只是想太多是多麼好的事，多麼好多麼好，他們不會知道。

非常累，卻毫無睡意。我幫咪兔換了碗裡的水，把包包裡今天新買的母狗發情期專用配方的飼料拿出來，對牠宣布明天開始要吃這個東西。咪兔也不知道聽不聽得懂，總之就是狂甩尾巴。

在浴室裡，我幫咪兔用蘸了溫水的紙巾輕輕擦拭牠腫脹出血的陰部，一邊跟牠抱怨莫名其妙的今晚，然後，西王母娘娘就這麼出現了。

「啊，唯母狗與女人難養也。」西王母娘娘看著我為咪兔清潔的動作，輕輕搖搖頭，淡淡然道。「已近寅時，卿今夜緣何晚歸？」

「祢好意思問我這問題？神仙當假的嗎？我今晚有多累祢知道嗎？祢就不能來幫個忙嗎？」我抬頭瞪祂一眼，撥開祂的飄飄裙裾。「飄旁邊一點啦，我在幫咪兔擦屁股，祢的神仙新衣弄濕弄髒了我可賠不起。」

「呀，卿卿甚是失禮。莫怪那司機遭卿一番折辱後，忿忿然停車暗泣，久久不能自已。」

「什麼？真的嗎？祢說那個司機？我今天叫車的那個司機？」

「正是！彼人不過一尋常百姓，不偷不搶，竟日為妻兒奔波謀生，夜半駕車勞累已甚，不幸遇上卿卿，直是撞了水逆又走了霉運。啊，可憐他無端遭疑，偏又生性木訥，有口難言，自是悲從中來，羞憤交集。」

「喔！不會吧？真的嗎？我不是故意的，我就……那他後來還好嗎？」

「遇上此等衰事，自是再也無心工作，停車默然流淚良久，恨自己出身寒微、相貌猥瑣，才會遭人如此踐踏，尊嚴掃地，嗚呼！只得尋了酒家買醉，酒過三巡，卻又昏然駕車，與一夥惡少擦撞，慘遭勒索，不從便是一陣痛毆……啊，此時，彼之妻兒尚不知一家之主正頭破血流倒臥病坊之內，一旁衙門官差還等著開他酒駕罰單呢。」

「什麼？怎麼會這樣？我、我提早下車，不是要踐踏他的意思……」

「卿卿就是。」

「可是我……」

「嘻嘻，甚趣！本座素喜諧謔，胡說誑言與卿嬉之，勿怪！卿卿甫落車，彼人即另行接客去也，並無他事，卿卿勿念。」祂輕飄飄地笑了，若無其事地飄到客廳去。

我真想一頭在洗手檯前撞死……

幫咪兔清潔完擦乾，咪兔樂呵呵地跑去客廳對西王母娘娘搖尾巴，我收拾好浴室的東西隨後跟上，只見西王母娘娘飄在我的電腦桌前，毫無隱私概念地用我的電腦開網頁。

「祢幹嘛騙我啦。」

「姮姮呀，卿數次提及，意欲自他教地獄裡借提達爾文，施以鞭打拷問，何以凡人進化如此之慢，然凡人多活不過百年，較之卿卿自己，於此數千年間，智商亦無甚長進，欺之甚易，難度極低，依本座之見，卿休要嗔怪嫌棄彼等進化過慢。此言，卿或可尋思一番。」祂優雅輕盈地飄在我的電腦桌前噠噠打字，身形宛如《不可能的任務》電影版裡阿湯哥最經典的那一幕。

我真是無言。

「祢進化快！祢就那張嘴進化最快！」氣歸氣，我還是在意那件事。「所以，那個司機，他真的只是閒聊而已對不對？他其實沒有別的意思？他只是，個性老實？不擅長跟女生說話？是我反應過度了，對吧？」

「惜哉，縱神仙亦難讀心，本座斷無可能於此人行為之前，預知此人心思。」西王母娘娘飄著彩雲一樣的華麗裙襬、水袖、披肩、彩帶、流蘇……總之能飄的祂都給穿在身上了，一邊說話，一邊很沒禮貌地將那些飄來飄去的東西拂到我臉上。「此亦神仙難救世人之因，凡人心思不定，善惡皆一念，霎那便可有千萬念想，亦可能昨善今惡，昨是今非，若非付諸行動，便是自己亦不知下一瞬間將實現善念亦或惡念，況且神仙。」

但是我們要。

我們必須在很短的時間內想到眼前這個男人所有會想和不會想的事，考慮到他們所有會做和不會做的事，那些事可能都只在一念之間，而我們的安全也是。如果想得夠多，會被嘲笑，但可以好好活過這一天。

不，當然，不是所有的他們，他們大部分都很好，都不強姦人，不性騷擾人。我也知道，問題在於，我不知道他們之間到底哪些人會，哪些人不會，昨天以前不會但今天會不會。

所以天殺的，即使西王母娘娘這樣講，也完全沒讓我好過些。我只想知道自己今天這麼做，到底是對還是錯的。

「雖難讀彼人之心，然設若卿卿相問，本座以為，卿確有過分警醒之失。」西王母娘娘皺皺鼻頭說。「本座亦為婦人之軀，卻不若卿時時深恐受害，卿如驚弓之鳥，莫不是臆病作祟？」

「我沒問祢的意見！另外，不知道祢有沒有注意到，祢雖然號稱是女性但是有法力，就跟男人有體能優勢一樣，祢們很清楚自己如果真的遇到狀況也有基本能力反抗，所以祢們不會緊張兮兮的並不是因為祢們很勇敢很爽朗心智比我們堅強，純粹只是天殺的沒、必、要。」

「卿卿此言既仇男、又仇神，大謬矣！怪哉，卿卿無有天癸久矣，何以暴躁如斯？莫非是廣寒宮中人煙罕至，鎮日唯有兔崽相與，導致卿卿性格扭曲？嗚呼！」祂飄過來，嘴裡嗚呼著，表情卻像是研究什麼上古妖孽一樣歪頭盯著我看。

我才想問祂是不是跟那堆男神混在一起久了，才變得對他人的經驗與感受都無動於衷呢。從前，至少我剛剛吞進長生不老藥，她為我的處境抱屈而力排眾議、決定送我到月球上的那時，祂還不是這樣的。「全怪凡人閒來無事，競相登月耍玩，若非如此，卿卿大可繼續離塵孤僻四千年，惜哉。可憐卿卿又得脫仙入塵，與凡夫俗子打交道，想來，長生不老也並非總是樂事。」

我同意。「尤其是長生不老的女人。」

「噫！卿卿何出此言？長生不老仙丹乃舉世珍寶，莫說凡人，眾仙群妖皆求之不得，況且現時此刻，誠開天闢地以來，婦權最盛之時，卿卿毋忘，彼時卿卿尚且為一置於后座而受覬覦搶掠之物事，如今卻可自由擇偶、創業、選衣挑鞋、購屋置產，豈非蓋世恩澤？汝等現代女子須銘記於心，切莫不知感恩、妄言不足！」

「是啦，可以擁有一些男人本來就有的選擇權，真的有夠幸運。」我說。「超感激的啦。」

西王母娘娘將頭歪向另一邊，有趣地研究我。「姮姮豈是放棄溝通乎？」

「就像祢說的，活了四千年總要進化，我的身體沒有辦法進化，不過腦袋還學得會別再白費力氣。」

「噫！頻道訂閱竟達數萬人次？嗟乎！卿卿緣何爆紅？」祂很快地放棄研究我的放棄，毫不在意地飄回電腦桌前，繼續用阿湯哥的懸吊姿勢擺弄我的滑鼠和鍵盤，這會兒顯然是開了影片共享網站，發現我之前拍的那幾支瑜珈教學影片。

剛開始丟上網路時只是為了應學員要求，莫名爆紅之後，西王母娘娘轉達天庭要我停手的意思，我便不再更新了，誰知道訂閱追蹤按讚留言的人數卻沒有停下的跡象。「不想世道淪落至此，卿卿只需對一方黑鏡，擫臀挺乳，便可揚名立萬乎？悲哉！痛哉！卿本仙女，吾不求卿救苦救難如觀世音，卻可端正己身、發揚倫理、謹守婦道，何以悖德求關注！」

「我並不是……哎，算了。」我嘆口氣，咪兔像是感覺到我的心情，一蹦一跳便伏上我的腿，看似想安慰我，卻又使勁將頭塞到我的手掌底下，強制討摸。

「影片一則竟召來百八十留言？卿卿可建寺開廟，香火無虞矣！且待吾細讀……想幹。硬惹。超正。還不幹翻這鮑。媽媽問我為什麼邊打手槍邊看影片。這腿我可以。難道只有我看到四分二十三秒有激突。抽插動作預備備。那聲音如果叫床一定超淫蕩。有溝就給分。這一集我可以射兩次。這姿勢太騷我受不了。想聞她腋下。這女的明顯欲求不滿。想舔那裡。只有我覺得平胸不行嗎。想咬。想插。臉還好而已。欠幹。射惹。想把手伸進去弄……荒唐！荒唐！姮姮，卿可知此中留言為何？速來！」

我在沙發上，咪兔在我腿上，把臉埋在我懷裡，我正幫牠揉著耳朵。此情此景，此時此刻，我哪裡都不想去，更別說是為了看那種東西。「這種留言多到我都沒有感覺了，祢第一次看倒是可以好好欣賞一下世界奇觀。」

「嘖嘖，方說人心難測，神仙亦難辨，然此刻忽遭打臉，情何以堪！情何以堪！吾以為現代人言必稱隱私，行猥瑣之事須緊鎖房門，務求四下無人，方能除衫脫褲，誰知彼等深恐世人不知其身心狀況，竟大放厥詞，以告世人其身心扭曲不受控制，前所未聞，莫非本座見識淺薄耶？」西王母娘娘看得目瞪口呆，我想了想，還是決定不告訴她嘴巴繼續張這麼大的話，在影片裡很容易被人家截圖下來，合成上一根巨棒之類的東西。

會想這麼說是因為，我的電子信箱已經收到各種類似的玩意兒了，但凡橋式、嬰兒式、輪式、下犬式、駱駝式、貓式……幾乎我在影片裡示範的各種瑜珈動作都能被當成性愛體位幻想，並且急於將他們的幻想截圖、合成、拍照、甚至拍成影片寄來信箱與我分享。

這世界確實已經進步很多了，在以前，在這群人之中說不定會有一兩個直接逼我分享他們的體液，現在他們只能隔空與我分享他們的意淫。

「這是最好的時代，也是最壞的時代。」我想起狄更斯的名句，對這個時空的這個我而言，或許可以解讀成：這是人類史上最接近性別平權的時代，但也因為這樣，太容易被當成「已經夠平等了」，所以可以放棄進步的時代。

再進步一點，彷彿就要侵害了誰的基本權利。

我心不在焉地想著，一邊半躺在沙發上輕輕拍著懷裡的咪兔，咪兔很快地睡著了，沉沉地打起呼來。西王母娘娘呢，像是在仙界都被禁止使用三C產品似的，興高采烈用我的電腦拚命上網，等祂讀完一輪這些留言，或許會覺得，他們的法力中沒有讀心這項能力，或許也是一種體貼。大多數時候，我們真不想聽到那麼多心內話……

醒過來的時候，咪兔還在我的腿上，西王母娘娘已經離開了。透過陽台的桂花盆栽與落地窗照進來的薄光要亮不亮的，還不大算得上天明，而真正吵醒我的，是樓下鐵門一陣一陣被撞得嘩啦嘩啦響的聲音，跟幾個小時前瑜珈教室的門被搖出的巨響，倒有八七分像。

我警覺地確認了時間，才清晨五點，清晨五點誰會這樣撞我家樓下的鐵門？該死，不會是那個司機其實昨晚跟了回來知道我住哪裡吧？不會的不會的，西王母娘娘都說他去載其他客人了……我想起身查看，卻不小心和咪兔一起跌到地上，咪兔不知道在我腿上睡了多久，壓得我腿都麻了。

樓下傳來的聲音愈來愈奇怪，除了撞擊，還有類似刨抓，或者，呻吟的聲音？我拖著那雙人魚公主的腿，用手勉力把自己爬到陽台上，透過桂花樹的枝葉與老公寓的牆欄往下望——

一個人也沒有。

只有一隻黑狗。

那隻黑狗毛色黝亮、身材緊實、動作敏捷而且叫聲宏亮，雖然是流浪犬，但顯然在外頭混得很好——我認得牠，前天載咪兔去公園散步時，這隻黑狗看上了正值發情期的咪兔，跟了我們機車十幾條街，快到家才甩掉牠。

西王母娘娘啊，結果牠居然找上門來？

黑狗激烈地在鐵門上撞擊、摩擦，看不出究竟是充滿熱情抑或是充滿痛苦，接著牠跑去嗅聞機車上顯然都是咪兔氣味的腳踏墊，然後施以狂野的刨抓，不時還伴隨仰頭吼聲嗚嗚，彷彿他的一生摯愛正被我監禁在城堡閣樓（或幽暗的地下室）凌虐拷打，而他發誓就算身中數十槍也要救出愛人。

我轉頭望了一眼那個始作俑者，這位純潔的小公主正在歡快地用後腳給自己抓癢，全然不知樓下有個能為牠在暴雨中嘶吼的愛慕者正苦盼牠的青睞。視線再轉回樓下，那隻黑狗竟然正在驅趕本來就在附近出沒、此刻剛好路過的其他流浪狗。

我為什麼會有種既視感，好像這一切，已經發生過很多次了？

不，我不應該這樣想，不是所有公狗都會這樣的，這樣想，對其他公狗不公平。

腳痲的狀況終於好些，我攀著牆努力站直，打算去準備一些消毒水，待會得把樓下的鐵門、路邊以及機車上咪兔的氣味好好刷乾淨。扶著桌邊緩慢走向廚房的時候，我看見電腦桌上，擱著一張紙條。

姮姮如晤，今夜訪卿卿，實有一事相告，然心緒萬端，礙難出口，遂以此書代言，盼卿卿勿怪。

自初承問，卿盼離塵返月之議，已過歲餘，數日前終得天庭覆函，惜卿卿之願盡皆駁回，憾哉！然天庭亦有萬難，實因凡間科技日新月異，登天訪星易如探囊取物，可用星斗十有八九皆須忍痛棄捨，其中以月宮凶險最甚。又，凡間擾攘更甚以往，遠非天庭之所能及，眾仙群妖無不駭然，紛紛求一遺世獨立清淨地，以避人禍，天庭應接不暇，奈何已無星可用，無處可往，唯能抱嘆而已。

卿本為月宮仙女，被迫困守凡塵，本座心下歉然，輾轉難解其咎，竟裝歡以對，然今夜一覽卿卿影片下方留言，既驚且悲，方知長生不老之樂，以一介女流之身，乃屬無間咒詛。然本座亦深感卿苦，須知仙界同僚多屬鬚眉，慣常尊男而賤女，崇陽而鄙陰，其念之固，其情之堅，歷千秋而未變，吾身縱有法力無邊，亦難以一己之力獨排眾議，提蛾眉之位。

未來漫漫迢迢，但願有朝一日，卿卿終能以此身唱和人間。

我抬起頭，眼淚俗氣地暈染視線，我討厭眼淚，太俗氣了，太情緒化了，太不冷靜太激動，太歇斯底里，太站在受害者的位置，太女性了。

在瑜珈教室裡沒有哭，在警察局裡沒有哭，在那輛車上沒有哭，在便利商店沒有哭，在獨自走回家的路上，也沒有哭。怎麼可以在家裡哭了呢。

哭了會被當成女人的，會真的被當成女人的，要是被當成「那種」女人，從此就真的不會有人肯好好聽我說話，不會有人相信我的害怕與擔憂，是真的。

在家裡也不能哭的。

我抹掉礙事的眼淚，慢慢地，拖著人魚公主那雙跟長生不老藥一樣沒用的腿，走向廚房。要去準備消毒水，去準備刷地板刷機車刷鐵門的刷子，然後等到那隻黑狗終於發洩完他天生旺盛難以抑制的荷爾蒙之後，趁牠離開，去將我們家咪兔的味道，清乾淨。

畢竟錯的是咪兔，是她不該將味道留在那裡。

別人的孩子

週五的下班時間，湧向各個大眾運輸轉運點的人潮，和中元普渡時孤魂野鬼搶食祭品沒兩樣，不，恐怕連好兄弟們都要跌跌撞撞地倒退三步讓給人走。

畢竟每七天就有一個週五，人類這種練習頻率，一年一度的中元節哪裡能比？

這些人怎麼不都去死一死，當鬼比較不占空間啊。身高不滿一五〇的玉階「被」推搡著擠出捷運車廂時，身為矮個子的怨念讓她的死魚眼久久翻不回來，鼻孔不知是因狂躁或是亟需新鮮空氣而撐得老大，還不斷噴著鼻息，像是所有她鬱積在心裡的咒罵與憤恨，都從鼻孔噴出來，去沾附在那些該被她詛咒的陌生乘客身上，讓他們成為新的宿主。

然而這種無人不躁鬱無人不顛狂的週五下班時刻，誰鼻子裡噴出來的怨念多，還未可知呢。

始終揣在手上的手機響起，四周卻擠得她一時間無法立刻舉起手來接聽，一邊掙扎一邊翻過手腕看來電顯示，果然是主任。

「妳妹個蛋！」好不容易接起電話，對方劈頭那句毫無邏輯的咒罵擺明這通電話並非詐騙，也未被盜用。「周玉階妳他妹是死到哪去了？臉書訊息都爆了妳是要不要處理？整個辦公室電話狂ㄌㄧㄤ，沒有人有空去幫妳回訊息喔！」

身為臉書頁面管理者，她當然知道訊息已經爆炸了，眼看著回覆進度是不可能追得上了，她不得不先暫時關掉通知，要不手機狂叫狂抖的，沒半小時就會耗光電量。

「我有啊，只是訊息一直來一直來實在太多了……噢！」隨人潮湧向樓梯時，玉階不慎被架了個拐子，但由於電話那頭是主任，她此刻又心虛理虧，只能吞下已經鼓脹在嘴裡的滿口髒話，像吞下差點吐出來的嘔吐物一樣。

幹，真的很噁。

她被自己腦中的比喻噁心到，心理連動生理反應，讓她不由自主地乾嘔了一聲。

「妳妹個蛋！我叫妳做好自己的工作，妳吐個屁！」

「沒有啦我不是吐你啦主任。」她放緩語氣。「對不起喔，我一個半月前已經事先請好今天的假，所以……」

「幹妳個蛋！妳剛說什麼？請假！妳今天給我請假？」雖說主任一直都是處於尾巴被燒起來的狀態，但此刻他可能又多一隻尾巴著火了。「我還以為妳跑去服務處，妳在哪?!」

其實照假單看來，今天一早就應該要離開了，還不是因為有緊急狀況才留到現在的……玉階個性衝歸衝，這些話還知道不能講，講了會死幾次呢？可能會死到連普渡都沒辦法吃，那樣的話，做鬼也太可憐了。

「喔我就那個，我在高鐵站這……」裡了。她話沒來得及講完，手機就被旁邊企圖擠到自己前頭去的乘客撞飛。

「幹！我的手機啦！」眼睜睜看著手機飛出捷運閘門外，玉階再也克制不了自己滿肚子忿恨，轉頭對撞上她的那個男人大罵。「你他媽有什麼病啦！撞三小啊撞？我要用手機刷悠遊卡這下出不去了啦！」

「妳走得那麼慢害我兒子過不去，輕輕撥妳一下，手機就飛出去，是妳自己沒拿好吧？」穿著黑衣黑牛仔褲黑球鞋的男人轉頭罵回來，原來是小孩幹的好事。說的也是啦，基於她未滿一五〇的地精體型，那男人看起來高得手肘還碰不到她的頭頂。

「小姐，妳的電話……」鬧門外有另一個男人仗義相助，將手機隔著欄柵遞給她，那表情和語氣都比剛剛那個帶兒子的臭男人和善有禮多了，看了就讓人賞心悅目，及時澆熄了她毀滅世界的願望……

然後，她一接下手機，正想說些大恩大德無以為報只有以身相許的廢話，那個好心男人轉身就拉著自己的女友走掉了。

好吧，世界還是毀滅好了。

手機倒是沒壞，不枉她買了很貴的防撞手機殼，不過主任的來電已經結束了，不知道是撞擊造成的還是主任著火的尾巴造成的，無論如何，她都得再乖乖打回去賠罪。

出了捷運閘門，她接著往高鐵閘門前進，按了回撥後，對方一直沒有接通，她無奈地仰起頭，卻在身邊人群中間的空隙發現一張熟悉的臭臉，就出現在走道上方液晶螢幕裡無聲的新聞畫面中。

那正是自家委員。

「要解決問題，光是一味提高刑責是不夠的，不僅治標不治本，還可能引起更多社會問題……」她喃喃接續了電視上那段委員引起眾怒的句子，碰巧主任這時接起電話，聽到當下又是一陣劈頭痛罵：「妳他妹背這個幹什麼？我們還不夠煩啊？」

畫面上是今天中午掀起輿論的記者會片段，之所以只瞥了一眼就接得出委員的下一段台詞，並不是因為短短幾個小時內，這個片段被重播了幾百次，而是因為那個講稿正是她草擬的。

「對不起啦，我只是剛好在高鐵站看到新聞又在重播。」

「我不管妳在哪裡喔，現在給我回來，幹，不然……」

終於抵達高鐵閘口前，玉階一邊歪著頭用肩膀夾著手機說話，一邊在大水餃包裡亂掏，都到了閘口前還沒掏出個所以然來，正想速速橫向移動到一旁免得擋住別人進站，這才想到自己的高鐵票在手機裡。

「……欸欸主任你等一下，等一下嘿——」她取下手機，在螢幕上比畫一番，直到允許自己入站的 QR code 出現，趕忙回到人群裡，半擠半排隊地掃描螢幕進了閘口，正想把手機夾回耳邊，螢幕上忽然又閃現了一個訊息：

『小姨，你今天會回來嗎？趕快回來好不好？你答應我的。』

「天啊……」肋骨下的心臟突然被什麼神祕的力量狠狠揪住，威脅般地加重力道，玉階緊緊握住手機，按耐住胸口所有正待爆發的衝動，提醒自己電話那端還有個九隻尾巴都在著火的老狐狸等著，把手機塞回耳邊。

「喂，不好意思啦主任，我真的非得……」

「非得回來不可啦非得！幹，現在什麼狀況妳還搞不清楚嗎？等等媽祖婆進來就要開會了耶，開完會立刻大家就要上工了，妳還在給我外面鬼混！」不管是國會辦公室或選民服務處的助理，私底下講起這位委員都暱稱她媽祖婆，委員的行事作風確實也不枉這個稱號。

「不是，我真的一定要回南部不可啦，主任對不起啦可是……」

「拜託妳告訴我這種時候妳要回南部幹什麼好不好，馬上就要開會了妳給我回南部？妳他媽回去吃普渡啊妳？」

「你們開完會把結論給我，我半小時可以寫好聲明稿給你，不然，趕的話十五分鐘也沒問題，這跟我在哪裡沒關係啊。」

「沒關係妳妹個蛋啦，妳就算放個屁就寫好稿子，這種時候沒有坐在這裡和大家共體時艱，就算媽祖沒說話，其他同事也不能接受！快趁還沒上車給我滾回來！什麼事情非得現在回去呀？」

什麼事情非得現在回去呀？

玉階自知理虧，氣焰再也囂張不起來，只得喃喃著道歉繞過了這個問題，也用同樣一批喃喃的道歉，繞過了眼前手扶梯上錯落的人們，盡可能在列車關門前趕上車。她本來已經買好早上那班車的有座票，自然是用不上了，週五下班時間的車票又特別難買，她只能用早上那張票換得自由座，先上車再說。

如同以往，自由座車廂裡人滿得可以堆到行李架上。她本來並不期待會有位置坐，眼角餘光卻恰好在人們的臀部之間發現一個三連座中間的座位，連忙抓緊個子小的優勢三兩下鑽過去，一屁股坐下來。

結果那是別人的座位。

那人只是起身將行李放到行李架上去，就被她攔截了位置。不過自由座這種東西就是，誰也沒辦法宣稱剛剛我的屁股還在那兒位置就是我的。那人吹鬍子瞪眼睛地在一旁罵罵咧咧，玉階裝作沒看到，頭撇向窗戶繼續講電話，卻避不過車窗在一片黑的背景下，清楚映照著那人一臉怨毒的眼神，弄得玉階滿嘴道歉都不知道是對主任還是對著鏡裡的那人。

沒辦法了，這世界不是我負人就是人負我啊。她心裡這麼安慰自己。

主任最後還是一邊罵一邊掛上電話，玉階雖然全身上下的歉意滿到要從鼻孔流出來，但手指一刻沒停，連忙打電話給剛剛訊息的來處：茵茵。

她平常不會這麼做的，茵茵的手機是玉階偷偷買給她的，茵茵的媽，也就是玉階的姊姊玉屏，並不知道有這手機的存在，玉階也不敢想，知道了會發生什麼事。

茵茵沒有接，她不知道究竟為什麼沒有接。是因為沒事所以沒有接，還是因為沒辦法接所以沒有接？如果是沒辦法接，那麼是因為有危險所以沒辦法，還是單純只是怕她媽媽發現手機所以沒辦法？

呃啊——她要被自己弄瘋了。

掛上電話，她打給大她六歲的姊姊玉屏，同樣無人接聽。

冷靜，要冷靜。玉階說服自己，刻意放慢動作，把水餃包塞進座位底下，然後雙腿併攏，將雙手壓著手機放在大腿上，深呼吸，讓丹田往下沉落，穩定心神。

這是跟著委員去上聲音訓練課程時偷學的，呼吸很重要，呼吸可以控制——靠，差點忘記了，聲音訓練課！

自從委員被無數次網路酸民嘲弄「質詢時聲音太尖、很娘、聽起來很情緒化不理性，根本聽不下去這婆娘在講什麼」之後，他們只好順應時勢，在平時研讀法案、搜集資料的忙碌行程裡，硬是安插一個每週五晚上三個小時的聲音訓練課程。

這個課程是由玉階找來曾是專業劇場演員的舊時好友跨刀幫忙的，後來聯繫也都由自己負責，照說，她該通知好友今天的課恐怕得取消了。

玉階捧著手機，雙手拇指迅速在螢幕鍵盤上點擊打字，沒注意到靠窗位置的那個男人唰地抖開了晚報，雙臂旁若無人往兩邊大攤，她的手機就這麼，再一次，被撞掉了。

能不能再衰一點？能嗎？

「喔，不好意思。」

頭上那聲道歉，在玉階彎身撿手機時，雲也似的飄過她的頭頂，攤開的報紙宛如結界般，隔開靠窗那位仁兄的閱讀與玉階的狼狽，報紙下，男人從短褲裡露出來的雙腿和攤開報紙的雙手一樣大張，舒適自在展翅翱翔，即使在表達歉意的同時，依然不放棄飛翔。

真是個堅持的男人，想必事業有成家庭幸福。

她好不容易在男人的膝腿之間找到空隙，努力伸手撿起手機，直起上半身，打算請那男人稍微收斂一下，眼神卻先讓報紙刊頭那張照片攫住了，那張照片是今天中午委員和受害女童家屬開記者會時一景，女童的爺爺奶奶叔叔嬸嬸們齊齊膝頭落地的瞬間，照片上，就站在他們身邊卻沒料到下跪這招的委員，被鏡頭捕捉的這瞬間表情特別扭曲。

照片上方，標題刺眼地寫著：小蘿莉性侵案逆轉！惡狼竟是親堂兄？

就在此時，列車啟動。

昨天事件爆發的時候，立院裡的委員會才剛結束，陪同委員與會的玉階，原本盤算著本日的重要待辦事項差不多都打勾了，預計開完委員會就早點告假回家，準備隔天一早回南部的行李，誰知人算不如天算，小學女童在校園裡遭持刀歹徒隨機砍傷的消息一傳開，在網路掀起的狂暴輿論，隨即燒得這農曆七月半的人間險些堪比刀山火海。

人的日子不好好過，何苦自築煉獄？鬼魂們肯定覺得無奈。

歹徒是在校園緊鄰運動場的遊戲區裡揮刀企圖傷害學童時，被前來學校運動的大人們合力制伏的，當時並沒有傷害到孩童，只有幾個大人在制伏歹徒時受傷，但制伏後才發現，在此之前已經有一個女童因為自己一個人去上廁所，被剛好經過的歹徒砍傷，也在第一時間立即送醫搶救。

由於女童被發現時沒有意識，失血甚多且下半身衣著不整，這起案件激起森林大火式的輿論，從校園安全、隨機傷人與性侵未成年幼童刑責、精神狀態與減刑的關聯，甚至是廢死反廢死的爭辯，這把正義之火毫無邏輯地亂燒，所到之處盡皆成灰。

雖然，即使，這個案件才剛發生，根本還沒有進入精神鑑定甚至討論刑度的階段。

女童的所在學校就在委員的選區內，因此她們才剛離開委員會，就收到選服處主任的來電，簡述了這起案件，並已經先確認過女童家屬接受委員探訪的意願，要委員和玉階直接前去醫院關心。

別說先告假回家準備行李了，玉階連近在咫尺的辦公室都回不去。陪著委員趕往醫院的路上，她們狂掃各大新聞平台的報導，以及其下的留言。女童還不見甦醒可能，兇嫌或許已經被網路上的眾鄉民判決了一千零一次。

她們抵達醫院時，女童正在緊急輸血搶救。女童的父親在對岸工作，一時趕不回來，女童母親因為女兒一直沒有醒來，哭得幾度暈厥，住在對門的爺奶叔嬸，全都同仇敵愾，對委員表示必須嚴懲兇嫌，刀傷已經讓一個好好的女孩兒破相，以後不知道對姻緣有沒有影響，更別說竟然還性侵小孩，這根本是毀了一個女人的一生清白，天理不容！

就這麼碰巧，委員提案的性侵害犯罪防治法修法草案正在研議中，女童的親人們在媒體記者的麥克風與攝影機前激動陳情，懇求委員務必納入鞭刑、炮烙、化學去勢、不予假釋等嚴刑峻法，好讓這種喪盡天良的惡行得到適當的懲罰。

親眼看著女童的重傷與女童母親的心疼焦急，委員和玉階在醫院裡都幾度泛淚，但玉階知道這樣的修法方向與媽祖婆的理念背道而馳，最後委員沒有當場答應或拒絕，只說會盡一切力量提供小女孩與家屬可能的援助。

當然，這樣模稜兩可的說法，也被無法接受的家屬、媒體及網路鄉民，砲轟成敷衍、作秀、踩著別人的傷口出鋒頭。這模式不是第一次出現在社會案件的新聞中，無論是現場該說什麼話、說了什麼話會引來什麼樣的後果，幾乎全都在說話前就可以預見，玉階在一旁也及時提醒了委員至少在當場可以順著受害者家屬的話走，但委員沒有因此改變說法。

玉階知道委員的考量，她不願牴觸自己的信念，也不希望在這種時候站在道德制高點去反駁家屬的立場，最後，委員能說的就只有那些。但事實上，玉階心裡是同意家屬的。

雖然在委員身邊工作，也認同多數委員的理念，但每次遇上類似的性侵或性騷案件，玉階都特別難以忍受委員的觀點——也許她難以忍受的是那種因為不曾被傷害，所以能夠輕輕放下的餘裕；也許她恨的是自己，沒有那種餘裕的自己；或者是哥哥，害她沒有那種餘裕的哥哥。

玉階知道委員不是這種人，自己也不應該這麼想，但，在這令人激憤的時刻，她還是忍不住有點恨身邊這個不輕易說重話的女人：難道，就因為那是別人的孩子，所以她都沒關係嗎？

回立院辦公室的計程車上，玉階有點賭氣地整路不跟委員說話，一開始她也不知道委員到底知不知道自己在賭氣，委員只是往後靠在椅背上閉眼休息，而她瘋狂地滑著手機，被網路上的一片罵聲氣得眼淚直掉，其中最割她心坎的，就是那種「自己沒有生小孩，所以根本不懂孩子被傷害時的心痛，別人的孩子死不完」的說法。

委員才不是那樣的人！她是共感能力強大到可怕的媽祖婆啊。

她已經不確定自己究竟在掉什麼眼淚，因為大家都在罵她始終喜歡並支持的委員？還是因為此刻的她也想這麼痛罵身旁的委員？

加強性平教育怎麼可能會是首要工作？已經無數男孩女孩受害了，等你性教育做好了，還得犧牲多少人？為什麼不先把這些王八蛋綑一綑做成消波塊？性平教育，那是什麼見鬼的緩不濟急的東西？

快到辦公室時，還閉著眼的委員開口：「玉階，別看了。這麼暗還在車上滑手機，傷心又傷眼睛。」

所以委員是知道她傷心的。那麼委員知道她為什麼傷心嗎？如果連她自己也不確定的話。

結果，才剛踏進辦公室，案情已經急轉直下。

女童依然尚未清醒，但已有消息指稱，女童下體確實有遭性侵的痕跡，但並非剛發生的，而是累積已久的舊傷。

「惡。狼。竟。是。親。堂。兄？」後座的孩子坐不住，站了起來四處張望，窮極無聊之下，索性一字一頓念起她隔壁靠窗仁兄的報紙頭條。「爸爸，那是什麼意思？是說堂哥是狼人嗎？滿月會變身嗎？」

「哎呀你不懂啦不要亂念。」爸爸的聲音有點尷尬，還有點耳熟……咦？玉階偷偷轉過去從椅背之間的縫隙偷看，馬的果然是剛剛在捷運閘口前遇到的那對父子，還真是冤家路窄。

「蛤？我沒有亂念啊，他自己寫的，為什麼那個人的堂哥可以當惡狼？我也想要變成狼人，狼人很帥！我可以當好狼嗎？」聽見孩子糾纏著他爹，玉階忍不住偷笑。

「沒、沒有好狼這種東西啦，那種狼都是惡狼啦，你不會變那樣啦放心。」

「蛤——可是我想要啊，為什麼不行——」

「啊喲我說不行就不行——」

那位爸爸尷尬得讓身邊的人都忍不住窸窸窣窣笑了起來，站在走道上的一位中年太太頗有解圍之意地對那位爸爸說：「小孩子講話就是這麼直，真可愛。」

「哈哈對啊，也不知道他媽媽平常怎麼教的，公眾場合在那邊給我亂講話，是想害死我嗎！」

「不會啦，小孩子就跟一張白紙一樣，天真無邪，說什麼大家都不會見怪啦。」坐在那位爸爸旁邊的另一個人說。「是說你自己一個人帶小孩喔？辛苦了耶。」

「沒有啦應該的，剛好他媽媽今天去參加廟裡那個中元節的活動，帶小孩去不方便，啊他又放暑假，我就帶一下，吼有夠累，有時候真想把他打昏。」

「唉唷真的是好爸爸好老公耶，現在這樣的好男人不多了啦，你太太真的很幸福——」

不知為何，兒子念個報紙頭條，爸爸就成為眾人矚目的模範父親了。

本案從一個案子變成兩個，每隔幾小時，案情便一次又一次地狠狠甩尾轉彎，輿論差點跟不上轉彎的速度與幅度，幾度要直衝山谷。到了今天一早，玉階原本提著行李要出發上高鐵了，卻又因為主任的一通電話，逼得她不得不帶著行李直接殺進服務處去。

原因是，女童醒來後，告訴醫護人員，自己遭攻擊時會下半身衣著不整，是因為正要上廁所的關係。而在醫護人員慢慢打開女童心防之後，女童才透露，平時會跟自己玩「大人遊戲」，把各種東西放進身體裡試試看的，是住在對門，暑假後就要升上國中的堂哥。

前一天晚上把委員和玉階當著眾多媒體趕出醫院的爺奶叔嬸，一聽說闖禍的是將來要繼承祖業的金孫愛子，也沒和受害女童的母親商量，就直接趕到服務處去求見委員，表示強烈支持委員「加強性平教育而非一味嚴懲」的防制原則，並希望發表聲明正式表達立場。

委員就是在此之後，取代了本案凶嫌，成為被罵得最厲害的眾矢之的。

「嘿啊，現在家暴什麼的新聞很多，你這種爸爸要上新聞鼓勵一下啦，不然現在新聞很誇張，都是那些負面消息，也不會講一點好的，害大家都每天緊張兮兮的，這樣不好啦。」

「就是說啊，現在厚，大家都是看新聞看到壞掉，不然那些小孩難道說一出生就會給人家亂摸亂來嗎？都馬是看太多電視，用太多手機平板害的啦，剛剛那個新聞上的厚，我看大概也是一樣，被電視帶壞了——」

玉階身後的好爸爸表揚大會還在繼續，她卻已經笑不出來了。

孩子並非一張白紙。她努力克制自己轉過頭去唾棄那種一廂情願說法的衝動，她知道那些人會這麼說，只是因為大家都這麼說，並不是思考後的產物。但那是錯的，孩子不是白紙，他們是人，是人就會有身體有器官，有性欲，白紙不會。

在手機平板什麼的開始流行之前，白紙已經知道要半夜溜到妹妹的房間去，把手伸進棉被下、妹妹的褲子裡了。

玉階握著手機，全心全意，喚回已經湧上眼球後方的體液。

她不喜歡體液，從哪裡流出來的她都不喜歡；她也不喜歡哭，她在立法院辦公室裡學到的就是，男人流淚是真情流露，女人流淚是歇斯底里。

不同的性別，會產出不同的體液；有的體液乍看任何生理性別都一樣，卻還是會因為性別，產生社會學上的鴻溝。

八歲那年，大她六歲的哥哥玉堂嫌她「怎麼都不會濕，害我插不進去」的時候，和玉堂雙胞胎的姊姊玉屏躺在她身邊但假裝什麼都不知道的時候，她就開始討厭體液。討厭哥哥的體液，也討厭自己的；討厭從上面流出來的體液，也討厭下面的。

這次的受害女童十歲，而在南部老家等著玉階回去的茵茵，九歲。

玉階滑開手機，茵茵依然沒有回她訊息。她於是再傳了一個訊息。

她的眼前漸漸模糊，可能是因為，討厭的體液的關係。

列車停下，月台上的人像是從漏斗被倒進寶特瓶裡的粉圓，一顆一顆，黏黏膩膩地湧入車門，再滑入車廂擠在一起，粉圓與粉圓之間幾乎沒有距離，比普渡桌上的供品還擠。隔著幾排座位有對粉圓，其中女的正開著社群網站裡流傳的、經過網友剪輯的影片，半個車廂都聽得見被刻意調高音頻音速後，委員用尖銳扁平的可笑鴨嗓，公開呼籲除了及早開始性教育之外，更該停止給孩子灌輸貞操觀念，讓孩子在受到性侵時不會因為羞恥與罪惡感而不敢說出口，不要讓孩子自責沒有保護好珍貴的東西，讓貞操觀念成為壞人用來脅迫孩子重複忍受惡行的理由。

哈哈哈哈哈，珍貴的東西。哈哈哈哈哈，罪惡感。哈哈哈哈哈，竟然要教孩子沒有羞恥心。

影片裡的怪聲怪調諷刺意味十足，四周的乘客多半露出嫌惡表情，聲量或大或小地討論著，而她眼眶裡的體液此刻反倒開始收乾，或許是因為從昨晚到現在她已經反覆閱聽了本案數百則大同小異的新聞報導，也或許是她從昨天案發到剛才上車前，都在陪著委員與被害女童的母親、親人長談、開記者會，知道的多了，就失去了一般大眾那種熱辣辣的激昂。

「為什麼這個沒有結婚沒有小孩的老女人有資格在那裡講話？說什麼性教育比判重刑更重要！這些人假清高也要有個限度吧？她根本不知道當一個媽媽是什麼心情好嗎！根本不知道懷胎十月是什麼感覺啊，生小孩比被車撞還痛吼，還有拉拔小孩長大有多辛苦——別人的小孩死不完啊她！那是別、人、的、小、孩、耶！」

「哈哈，她又醜又老，還是恰北北的立委，沒有人敢娶她啦，這輩子她都不會知道啦……」

「講這種風涼話真的超賤，這裡面根本就沒有那個小女生的媽媽啊，一定是媽媽也反對那種意見啦！」

沒有意外地，這對粉圓的論調與多數人如出一轍。中午的記者會上，委員說的話與被害女童的爺奶叔嬸並無二致，但在媒體的刻意操作與多數人腦內剪接之後，這種因為政治太正確所以政治不正確的說法，便成為委員獨自承擔的責任，而委員平常致力於婦幼保護與福利的形象，此刻不但幫不上忙，還成為她「假惺惺終於露出原形」的證據。

記者會開完不到半天的時間，有的媒體甚至挖出委員的生平做專題，細數委員曾經多少次戀情無疾而終，某次還疑似不幸小產，勾勒了她渴望為人妻人母卻沒有著落，最後只能在事業上衝刺的「完整」心路歷程。

換做平時，他們大概也只能啼笑皆非地看待，要較真起來，沒的失了格調也沒那時間磨耗，但這時將兩件事放在一起談，用意如此明顯，然而一旦對此事作出回應，又勢必要模糊焦點了。

玉階前面幾排座位起了一點騷動，傳來嬰兒的斷續哭聲、行李的窸窣聲、年輕女人細瑣的道謝與稚齡女孩還不太懂得拿捏聲量的「謝謝叔叔阿姨」，多少讓玉階心裡拼湊出前頭有個女人帶著兩個孩子接受了讓位的溫馨劇情。

就像昨晚那名受害女童的媽媽身邊還帶著一個小男孩，獨自帶著複數以上孩童的母親，總是會打到玉階心裡某塊碰觸不得的角落——她想起媽媽，爸爸在她上小學前就因病去世，媽媽含辛茹苦拉拔著三個孩子長大……她總是這樣對別人描述媽媽，方向正確，符合事實與社會觀感，毫無可疑之處，但她其實只是不知道怎麼開口，說媽媽一手牽一個剛好一對龍鳳胎，而她經常因為矮小、安靜、害羞或任何其他原因而被遺忘時，她總是懷疑自己其實是多餘的。

雙胞胎兄姐都是標準身高，只有她長得特別矮小；一男一女恰恰好，那麼多出這個小矮子到底算什麼？就連名字，她都覺得自卑。玉堂、玉屏，媽媽給雙胞胎兒女取的名字，展現出對孩子的期待，是堂皇的樓閣，是精緻的藝術品；而玉階是玉階，縱使同是玉字輩，卻是任人踩踏的那種。

這些心思，她從來沒真的說出口，媽媽要帶大三個小孩夠辛苦了，不能再給媽媽添麻煩。她沒說出口的，還有哥哥不時在半夜對她做的那些事，還有哥哥風風光光考上國立大學以後，卻因為性侵而被退學的事。

一直到過世前，媽媽始終惦記的還是被退學後就人間蒸發，已經好幾年沒有音訊的哥哥。聽見媽媽在彌留之際不斷喚著玉堂，她便知道自己沒有做錯，一切在心裡糾結不知道該不該說出口的，都不該說出口。

天下無不是的父母，家是永恆的堡壘，孩子是一張白紙⋯⋯那些天經地義的訓示，不是用來思考，是用來接受的。

對此質疑，是她太離經叛道。

列車再度開始行進，前方傳來的嬰兒斷續哼哎隨之變得大聲。車廂裡擠了太多人，雖然開著空調，卻像是人人都把外頭的滯悶熱氣吸進肚子裡，再帶進車廂，呼出來，共同創造一個小型地獄。

每次在大眾運輸裡，玉階總覺得自己不像個人，別人也不像個人。數量龐大的同質性物品會讓大腦容易判定為單一物體，所以用群體社會的角度處理事情時，就難以避免把人當做東西，忽略其實每個個體都不一樣的特質。

媽祖婆就是看不透這一點，才會老是跟群體社會對著幹，然後自己被幹剿到體無完膚。

想到媽祖婆，玉階下意識看了看手機。委員辦公室裡正在開會吧，中午的發言稿是她草擬的，雖然是以委員一貫的理念作為出發點，但是害委員被大眾以對待兇嫌歹徒都更高規格的輿論痛批，她多少有點內疚，還選在這種時候缺席會議，別說委員，可能連同事都難以諒解。

雖然很抱歉，真的很抱歉。

但她必須走。

▲

手機響起來，螢幕上顯示的是南部老家的電話，玉階眼睛瞪得好大，手忙腳亂想趕快接起來，又想起什麼似的，接起電話前先用力清了清喉嚨，然後用過於快樂的高亢聲音接起電話，但可能快樂過頭了，靠窗那位讀報的仁兄皺起眉看了她一眼。

「喂？茵茵？對啊，我已經在車上囉……他已經到了？他現在在哪……好，我知道，不用怕，我晚上會跟妳一起睡……當然，我答應過妳了，就一定會做到的啊……喔，那，妳去客廳，把電視開大聲一點，就聽不到他們房間的聲音了……對，電視開到最大聲，我快到了……如果，我是說如果，如果我還沒到然後他先出來了，妳就去巷口的便利商店等我，對，我之前帶妳去買霜淇淋的那裡……好，我快到了，不要怕……手機記得帶在身上，隨時有什麼事都要告訴我……不會有事的，不要怕喔……」

電話結束前的那句不要怕，玉階不確定是說給才九歲的茵茵聽，還是在安慰自己。她並沒有自信能對付姊姊的新男友，也不確定如果真的發生衝突，姊姊會怎麼做，畢竟，就是因為姊姊沒有好好保護女兒，她才非得丟著掛在懸崖邊的工作，無論如何要在「叔叔出差回來」的這一天必須假裝剛好回老家，緊緊跟在茵茵身邊。

但要怎麼做才是保護呢？玉階想起前些日子揣著這個祕密諮詢後得到的建議是「先蒐證」，但是見鬼的，她到底要如何在不被姊姊發現的情況下讓九歲的茵茵獨自蒐證？蒐證的過程中，要有多幸運，才能蒐集到適當的證據還能讓茵茵全身而退？

最後，她只能偷偷買了一支手機給茵茵，輸入好自己的電話、學校老師的電話和一一九，並且教她使用錄音與錄影的模式。

玉階閉上眼，後腦勺用力往椅背擠壓，期望自己能擠出虛長茵茵二十年的智慧。那真的是最好的做法嗎？她腦中跑馬燈似的，不斷跑過這兩天幫委員回臉書訊息時看到的辱罵——她根本沒生過小孩，有什麼資格說話？

有時候她也懷疑自己，難道身為阿姨的自己會比身為母親的姊姊更愛茵茵、更怕她受傷委屈？她憑什麼自以為是地想保護別人的孩子？

更別說，就算一切順利，那些證據很可能讓姊姊失去茵茵的監護權……讓姊姊失去男友，讓茵茵沒有媽媽，撕裂自己和姊姊的關係，那樣就叫保護嗎？即使自己再怎麼疼愛茵茵，她也是別人的孩子，玉階沒有自信能像網路上每一則言之鑿鑿的留言那樣，篤定自己就是對的。

⊿

板橋之後，列車速度明顯更快了，但還是不夠快。玉階不斷打開手機確認自己沒有忽略任何一個電話或訊息，無論辦公室開完會後需要她擬稿的結論，或者那個禽獸是否從姊姊的房間移動到茵茵的房間了……但什麼都沒有，她不知道是該焦慮高鐵上可能收訊不佳，還是該慶幸沒有消息就是好消息。

前方母女三人剛入座沒多久，嬰兒就再也止不住地慘烈哀嚎起來，小女孩想要幫媽媽哄孩子，卻變成高分貝對著嬰兒裝出大人模樣訓話，被媽媽阻止之後也氣得哭起來，年輕的媽媽先哄嬰兒也不是，先顧女兒也不是，終於一發不可收拾地成為整節車廂都淹沒在哭鬧聲中的局面。

「現在父母就是都沒有好好教小孩，你看啦這樣吵這樣番也不管的，現在的人吼就是只管生不管養啦。」

「我們也是花錢買票坐車的，沒有位置坐就算了，連靜一靜都不行嗎？這樣吵整路我真的是會瘋掉。我花的錢不是錢？」

「不會教就不要生，這道理很難嗎？要這樣吵怎麼不叫她老公開車載？自己生的還教不好就不要放出來吵別人嘛。」

「爸爸你看我很乖，都沒有跟那個妹妹一樣吵，我是不是很乖？你說我是不是很乖？那我可以要那個鋼鐵人嗎？拜託啦我很乖耶！你有說我乖的話就要買給我的啊！」

周遭抱怨四起，弄得已經在忍耐哭鬧聲的玉階更為煩躁，她試著打開臉書的手機程式，想在車程中回覆幾個專程來痛罵委員的臉書訊息，但可能因為車速太快，訊號不佳，她的手機螢幕上不斷轉著圈圈。

列車停在臺中站，手機上的圈圈終於停下來，她正要著手回訊，隔著走道，那對粉圓又嚷了起來。「欸，那個老女人竟然又要開記者會耶，她有沒有搞錯，連別人家的女兒都要拿來作秀！拜託，根本浪費社會資源……」

玉階像被一鞭抽下，驚得坐直身子，再次低頭確認手機上沒有新來電也沒有新訊息，重重吐出一口長氣，迅速打回辦公室。

「喂？欸，玉階啊？怎麼了？」

「那個，你們開完會了？結果怎麼樣？」

「喔就道歉啊，現在這種狀況不適合硬幹啦，社會輿論還是沒辦法接受處理問題而不是處理人啦……」

「喔，那，是不是給我個綱要，我現在就擬稿？」

「噢——那個啊，呃——其實媽祖婆已經請阿梅擬稿了，正在討論，我看差不多了，待會就能發……」

「阿、阿梅？為什麼忽然變成她？我沒在辦公室，媽祖婆不高興嗎？」

「也不是，她快被那些人煩死了大概根本沒注意到妳不在，媽祖婆是說，這次的議題比較，呃，需要同情共感，所以請當過媽媽的阿梅來擬稿，比較有說服力，畢竟妳也知道嘛，這次就是大家都在罵媽祖婆沒當過媽媽、不知道做媽媽的心情，所以找個當過媽媽的來擬稿，也是很合理……」

很合理。

玉階懞懞地掛上電話，列車再度啟動。她剛剛傳給茵茵的訊息被退了回來，重傳，又發送失敗，再重傳，再失敗。她覺得左右兩邊的乘客都聞得到她全身上下濃重的失敗氣息，若不是為了禮貌，他們很可能早就捏住鼻子，或者趕她出去。

離終站還有一半的路程，玉階直直盯著前方的椅背，努力控制自己千萬別和左右鄰座對上眼，要不她可能隨時會哭，而且搞不清楚自己為了哪件事哭。她最討厭哭了，作為一個女人，無論怎麼哭都不會是真情流露只會是歇斯底里，她不能哭。

高鐵剛過臺中，離她渴望保護的那個別人的孩子，還有一半的路。還有一半，高鐵什麼時候變得這麼慢了？慢得像是，她明明已經無比艱辛地走了一半，卻還是覺得自己不曾走過這一半。

在河之洲

手機在耳邊嗡嗡震動時，篠若還非常非常睏，非常非常想繼續睡。她朝前方伸手，感覺自己按掉鬧鈴的動作，緩慢得宛若在未醒夢境的幽冥之河裡掙扎，而意識在離自己很遠的下方、更深的水底，鬆軟地隨暗流起伏，水壓沉重地蓋住她的眼皮，致使原本想睜開的眼睛只意思意思地波動了一下，但只要一下就夠了，那一下，眼縫放行的一線微光照亮了凱爾熟睡的側臉，如同在浮沉間望見了惡水中央蓊鬱豐茂的沙洲。

啊那張臉，鼻樑線條高挺美好，濃眉長睫襯著輕輕閉合不時微顫的雙眼眼皮，還有年輕健康充滿膠原蛋白、泛著緊緻光澤的焦糖色肌膚……然後，然後她便想起了，自己訂了這個鬧鐘的原因。

幽冥之河像是拔掉水塞的浴缸，呼嚕一聲消失得水痕都不剩。

她徹底醒了。

在心底嘆口氣，篠若輕手輕腳離開凱爾身邊，小心避免床墊起伏擾醒了他，手指探進輕便行囊裡挖出塞得紮實的梳洗包，踮起腳尖溜進旅館的浴室。那梳洗包雖小，昨天出門前可是足足讓她收拾了三個小時，一方面體積必須小得讓行囊看起來像是胡亂丟進幾瓶旅行組的隨性，一方面必須寸土寸金地保證每個塞進去的物件都絕對實用高效能。

空蕩的浴室顯然不比開著空調又繾綣整夜的凱爾身邊更暖，雖是隆冬，但為了營造「不經意的性感」而代替絨毛睡褲，掛在她兩條努力保持纖細緊實的長腿上的，只有一枚本身輕薄、也為了讓人輕薄而穿的緞面短褲，害得她才剛踏上浴室潔淨冷涼的大理石地磚，雙腿便倏地爬滿了雞皮疙瘩。

就跟昨夜高潮數度來襲時一樣。

鏡裡的亂髮是真的亂，不是電影裡女主角晨起時的那種，也不是小說裡描寫的那種，是真的那種。她抓起要價昂貴的梳子往頭上招呼，小心翼翼還是扯斷了幾根頭髮，年輕時哪裡可能花錢買那麼貴的梳子，隨意用手指爬梳過兩下就能出門。她心疼地盯著纏著髮的梳齒，不確定自己捨不得的究竟是很貴的梳子，還是就連很貴的梳子也留不住的髮量。都怪凱爾昨晚情熱時將手伸進她長髮裡扯得那麼使勁，她忍不住臉紅地想：雖然那力道是過猛了一點，不過她養著一頭長髮不就是為了這樣的片刻嗎？況且，一切都可以理解嘛，他畢竟是年輕人，他如果沒騙人的話，自己可是奪走他童貞的人呢，昨晚不過是他的第二次而已——

唉呀。想到這裡，篠若的雙頰瞬間熱脹起來，連忙用冰涼的雙手壓住，企圖降溫。為什麼感覺自己像是什麼聊齋裡的吸血女鬼，還是狼妖虎婆之類的啊？就連此刻這樣看似捧著雙頰的動作，竟也不免讓她微微感覺羞恥。

這也沒什麼。她對自己解釋。對年輕的凱爾而言，她不過就是長長的一生中前兩次的性經驗對象，這種事情對現代女生來說都已經不值一提了，況且是個男孩——

真的是前兩次嗎？應該是吧。假使他們上次見面後到現在，他沒有再遇見別人的話。

他有遇見別人嗎？

篠若想了一下，現在這樣的關係，她是不是有立場問凱爾這個問題了呢？或者，現在這樣根本不算有什麼關係？他們幾個月前在社區大學的夜問法語課上認識，然後他約她出來幾次，讚美她的眼睛、臉蛋、長腿、聰明與說法語時充滿風情的腔調，一起看了幾部任何人都能一起看的安全牌電影，吃了幾頓輪流付帳單的愉快晚餐，凱爾還特意去她日間兼課的大學聽了一堂她的通識課，然後上了兩次床——兩次可以說都是她把他拐上床的，她知道自己外在條件還不差，對喜歡的男人試探身體的疆界於她並不困難，可是試探關係，則是另一回事。

問題可能是，在那個課堂上，她是四十二歲的法語老師，而他是剛退伍一邊等著出國念書一邊學點法文殺時間的年輕男孩子，年方廿五。

也可能不止於此。

她往全臉噴上細細的礦泉水霧，敷上號稱急救款的保濕面膜——在比自己年輕十七歲的男孩面前，任何急救都是必須的，而且應該是長期的，與插管無異。這款沙龍面膜一片就要五百元，還是團購折扣後的優惠價，雖然她實在也不怎麼確定敷完後究竟能比原來的狀況好上多少，枯藤老樹昏鴉能否就此成為小橋流水平沙，但至少她盡力了，盡了她所能盡的最昂貴的力。

人們總說盡人事聽天命，但真命天子是否願意降臨，她可不敢踰矩過問。

敷好面膜，她小心翼翼從下顎到頭頂套上一圈彈性鬆緊帶，那是這兩年極為流行的拉提神器，據說織帶裡還編進了純金絲線可以催生膠原蛋白。昨晚確認凱爾睡著後她一直很想套著睡一晚，但深怕凱爾醒得比她早會發現，還是作罷了。

套好拉提神器，她將旅館大浴巾折起來鋪在牆角充作瑜珈墊，做起三點倒立式，讓地心引力偶爾也能朝正確的方向使勁。

必須聲明的是：平常她是不幹這種事的，唔，至少不會面膜、小臉帶和倒立同時進行。不過這是非常時刻，凱爾不知道什麼時候會醒來，她必須在最短的時間內讓自己達到最好的狀態。

血液開始倒流，她感覺自己的臉或者腦子在發燙，可能是因為昨晚睡太少、還在宿醉、面膜生效了、拉提神器綳得太緊了，或者純粹只因為倒立。她不太舒服，但還想再多堅持一下，也許這多堅持的一下正是關鍵……

『避免被物化的關鍵，絕對必須先是自己，如果沒有真正認同自己、覺察到自己是獨一無二的，你要怎麼說服別人你不是一群面目模糊的人群裡其中一個而已……』血液灌注腦部的昏沉間，她閉上眼，耳邊不知為何響起昨天在課堂上對學生說的話。

門外突然探進一聲尚因睏倦而略啞的嗓音。「篠若？妳醒了呀？在做什麼？」

她猛地睜開眼，雙手一顫，整個人依著牆往地上九十度傾倒，盛大華麗落地的霎那，還沒來得及站起來，她便下意識一手一樣地扯下拉提神器和才剛敷上沒幾秒鐘的面膜，以湮滅證據的本能將葉克膜等級的急救品擲入垃圾桶裡，還抓了好幾張衛生紙丟進去蓋住，所有的動作在不到一秒內完成。

「沒、沒幹什麼呀，我先刷個牙。你繼續睡沒關係的。」

「什麼聲音那麼大？妳還好吧？」

「沒事，我只是，弄倒了牙刷架。」

天啊，他為什麼那麼早起，她又為什麼把那麼貴的面膜丟進垃圾桶？她瞪著自己的手，五百元現在只剩滿手精華液，她幽怨地將精華液往臉上抹了抹，身為一個企圖竊取青春的女人，她此刻完全算得上做賊心虛。

丟進垃圾桶的面膜不能用了，但拉提神器洗一洗還可以。她撿起那圈鬆緊帶，掛在毛巾架上，對自己的處境由衷絕望。

她轉開水龍頭，讓流水聲代替她假裝自己正在刷牙，但尚有精華液的雙手還在努力輕拍臉頰，讓眼下那塊特別凹陷的皮膚聊勝於無地多吸收一些營養。精華液乾了她開始刷牙，一邊刷一邊感覺臉部皮膚緗緗的，說不定那面膜貴得有其道理，只是這樣輕拍精華液就能發揮神效？

「妳刷牙刷好久喔？我要進去囉？」

「不、不要啦，你幹什麼啦哈哈哈……」

凱爾拉開一點門縫，她驚得不顧長髮可能沾黏到牙膏泡沫，飛快轉過頭，幾乎是恐慌的乾笑聲在那個只穿著四角褲的男孩耳裡，擅自被當成嬌嗔害羞處理。

但對她來說，這恐慌來自於二十五歲男孩絕對不會明白的原因：從前每次近距離的約會都在晚上，這是他們第一次在白天的自然光下見面！而且她昨晚喝了酒又很晚睡並且現在還沒保養上妝！

「妳在害羞吼？好可愛喔妳……」男孩靠過來抱住她，嘴脣就要湊上來。

「我還在刷牙！」她滿嘴泡沫口齒不清地喊，要多瘋狂才會覺得一個沒保養沒化妝還宿醉的四十二歲女人可愛？只要能讓這個誤會持續下去，她願意付出任何代價。

只要別讓他看見自己這張臉就可以了吧？

她掙開凱爾握住她下巴與環住她腰肢的手，散著長髮蓋著臉跳進浴缸裡，以古代女子捍衛貞操的決心拉起浴簾，保護自己毫無防備的中年女人的臉。「你不要過來啦！」

「為什麼？」凱爾充滿笑意與促狹的語調，顯然完全沒有把這句話當作嚴正的聲明。「昨天沒有穿衣服都看過了，穿衣服的為什麼不能看——」

那是因為沒穿衣服的時候也沒開燈啊你這笨蛋。篠若心裡尖叫著，卻也有點掙扎：她其實多麼希望能夠若無其事地將這樣的自己擺在凱爾面前，真正無修飾的那個篠若，她期待他會愛這樣的自己，但她甚至連修飾過的自己都沒有自信。

愛這個字太重了，她不應該輕易期待。

『女人之所以無法拒絕扮演男人心中的理想典型，除了社會文化的桎梏，女人自己也必須負起責任，害怕掙脫典型之後的後果……』昨天課堂上她侃侃而談的片段穿越時空而來，彷彿波娃冷淡輕蔑的眼神，熱辣辣甩在她黏著亂髮的臉上，疼得她眼角泛起淚光。

「不要鬧啦你！」篠若與凱爾各自在兩邊扯著浴簾較勁，她盡力讓自己的聲音聽起來不那麼驚惶，用鬧著玩的聲音喊著不要鬧，但心裡的驚恐完全不是鬧著玩而已。

那些女性網站上的專欄一個一個要求女人勇敢做自己，可是當做自己都需要勇敢，這世道究竟有多艱辛？四十二歲了，難道她會不知道男人想像中的那種清純素顏，並不是此刻她的模樣？她和這個男孩差了十七歲！媽的這世界上誰有資格要求此時此刻的她勇敢？

無論她自己多麼想。

「抓到了！」凱爾伸手扯開浴簾，還沉浸在自己內心小劇場裡的篠若猝不及防地呆站在他的眼前。

世界凝結了兩秒鐘，兩秒鐘。

兩秒鐘很長你知道嗎？

但就是有那麼長，兩秒鐘。

不太確定是篠若或凱爾先回神，兩人同時吶吶說了什麼，模糊的句子在空中撞在一起，噗搭一聲黏糊糊地掉在地上。

凱爾的道歉在嘴邊化得聽不清，篠若也無意聽清。一切都來不及了。他想拉回浴簾假裝無事，篠若伸手止住他的動作，探出長腿索性走出浴缸。一切都來不及了。「哎呀就跟你說不要鬧了，四十歲的女人沒化妝很可怕的。」

經過凱爾身邊時，她直視前方，險險地擦過凱爾的視線。她不確定有沒有勇氣看見自己在他眼裡的模樣：宿醉、缺乏睡眠、浮腫、毛孔粗大、鼻翼兩旁的酒糟、細紋和斑點，對了還有眼袋與黑眼圈。她覺得自己就是這些東西，就只是這些東西，凱爾也只可能看得見這些東西。

她漱口，把水龍頭開得更大，假裝沒聽到凱爾那句遙遠又模糊的「沒有啊，哪有很可怕，素顏很好啊⋯⋯」她不想回應這種句型，至少這個時候沒辦法，頂著這張臉扛著這歲數，她瀟灑不了也嬌嗔不下去。

「浴室我用完了，給你用囉。」她走出浴室，試著腳步輕快，卻只像尾現出原形的白蛇一溜煙竄入河裡，那個刻意拉高的囉的尾音落在身後，像奮力頂住門準備用自己的生命換取戰友逃命時間的戰士，不讓凱爾的回應（如果他有回應）傳進自己耳中。

房裡感覺比浴室更冷。

想著趁凱爾出來前趕快保養化妝，這才想起自己把梳洗包給忘在浴室裡了。她嘆了口氣，不料聽來更接近哀號，她徒勞無功地翻著包包，想找些什麼，至少可以往臉上抹的東西。

謝天謝地，還有一小條潤色防曬，可惜是盛夏用的控油款。篠若在手上倒一些水瓶裡的水拍濕臉頰，再將指腹上的膚色乳液點拍上去，只是無論她再如何小心地一次只用少量，那條適合夏日海灘的防曬還是讓她感覺像抹在宣紙糊成的燈籠上。「還控油咧，幾歲了還有油給你控嗎……」她喃喃抱怨，仔細撲點眼下，但為何黑眼圈感覺還是一樣重？這玩意兒修飾不了缺點也就罷了，還給她多添上粗糙浮粉的妝感。

她正考慮著該多上一點，試著蓋掉瑕疵，還是該索性拿水抹掉拙劣的浮粉，但那條時不我予的潤色防曬畢竟已經盡了力，再也無力回天。凱爾走出浴室，指尖上晃著那條拉提神器。「嘿這是妳的嗎？這什麼？護腰？」

「這……我的髮、髮圈啦，洗臉的時候用的。」

她吞回喉嚨裡那不知道是慘叫還是髒話的一團刺，匆忙搶下那圈愚蠢的鬆緊帶塞進包包裡，抬頭對凱爾掛起笑容的同時想起自己擦了太多夏季防曬，現在臉上恐怕比浴室裡那一眼更加斑駁更令人驚嚇，忍不住又垂下視線，餘光看見男孩竟與她同時垂下眼睛，彷彿他們中間突然落下一尊聖光威嚴不可直視的大佛，一直到走出房門要去吃早餐時他們並肩而行，目光才終於能自然地落在適當的水平。

關上門時凱爾指著門板上的數字。「妳記得嗎？這是我們上次住的那一間。」

「是嗎？」她看了房號一眼，上次歡愛結束她便匆匆離去，並沒有注意房號。

「這麼巧。」

凱爾安靜了一瞬，有點委屈地說。「我還以為妳記得，妳訂好房以後，我特別打電話來請他們保留這間的耶。」

「為什麼？」她感覺心臟被強烈電擊。

「這是我們的回憶啊。」凱爾理所當然地說，篠若不確定他是裝的，還是真的不知道這句話具有多大的力量，足以將她推落懸崖，或者從崖邊救起來。「下禮拜我就要出國了，當然要多創造回憶，妳才不會忘記我啊。」

篠若不確定自己是被救起來了還是掉下去了，只覺得崖邊的風好強，讓人難以喘息。入住同樣房間的這念頭，讓她想起希臘哲學家說一個人不可能走進同一條河裡兩次，也許那個哲學家沒有考慮過，那條河自己願意折回來等待同一雙腳踏入的情況。

她是那條願意倒著流的河。

「上次我吃過這間旅館附的早餐了，不好吃，我們去外面吃美而美好不好？」

「好。」

結果她一走出旅館就後悔了。晴朗冬日雖然美好，但冷空氣和自然光會讓她的毛孔斑點小疙瘩黑眼圈和太乾的潤色防曬加倍明顯。經過路邊車窗櫥窗鐵捲門的邊框與所有會反射的光滑表面，她便不斷進行絕不能被發現的偷看，一瞬而過地望過去，他們倆偶像劇男女主角般的身形比例看來都是登對的。但她知道那只是假象，就像年輕不見得貌美，一副纖瘦嬌小的身材同樣也無關美麗，那只是一個框框，嵌在那個框框裡的自己充滿了毛孔與細紋以及下略數百字的其他，她知道。

體脂肪是階級，年齡是階級，雙眼間距是階級，脣峰弧度是階級，眉色濃淡是階級……她一邊想著一邊無法原諒自己，她高中就讀過西蒙波娃，大學曾經加入女性詩社，現在每週四下午還有三學分的通識課在對六十個大學生講性別，但在接觸女性主義二十年後，她才終於發現最大的壓迫不是不懂得追求平等，而是懂了以後卻還是不能自外於這些競爭遊戲，在每一個細項裡都身不由己地追求五星好評，而最可笑的大概是，就連「讀過西蒙波娃」也是某個評分標準裡的一環。

篠若覺得自己像是小時候在階梯上玩猜拳遊戲，每少一顆星，就得往下站一階，而無論學識經歷如何把她淬煉成如今的剔透，年齡的差距仍然紮紮實實地讓篠若（四十二歲，女）幾乎像是滾下樓梯那樣，只能在最低的地方仰頭看著凱爾（二十五歲，男）的鞋尖。

與其說她恨自己的年齡，不如說，她恨的是明知不該有卻無法克制的自卑。「女性自覺」是湍流中央一小塊突出的岩石表面，若想穿越急流接近它，必須先置身危險而且無可避免地打濕身體，真到了那裡，也沒有誰可以保證能在那塊岩石表面站穩不滑倒。最終，還得冒著從那塊石頭上跌落、自此死無葬身之地的風險。

她又想起希臘哲學家的那個比喻，同一條女性自覺之河，她在二十四歲時，會不會走得比四十二歲更輕易一點？畢竟此刻放眼望去，崖下的激流旋渦幾乎是絕對致命。

晴朗冬日的早晨原該是舒適的，但寒冷讓她自覺膚況比平日更差，陽光讓她恐懼自己的缺陷無所遁形。然而她清楚知道，這個她和喜歡的男人一起醒來的美好早晨，理當是最接近完美人生的一刻，無論如何她該享受的。

但如果她也是二十五歲就好了，一切就會順理成章，了吧。

「剛剛在等妳的時候，看到這個朋友傳來的影片，超扯的！妳一定要看一下……」也許是想找點什麼來拉近距離，中和方才的一連串尷尬，凱爾拿著自己的手機湊過來，篠若也樂意靠過去，兩人的肩膀自然地輕碰相依，臉龐只相隔不到半個掌寬，視線安全地落在螢幕，而非彼此的臉上。

凱爾點下播放鍵，螢幕上是一個穿著橘黃色棉麻衫、約莫五十來歲的婦女，在火車上對一個秀氣無辜的少女破口大罵，逼她讓座給自己，那氣勢驚人地理所當然，就好像她其實是在拯救世界，而非無事找碴。

「哇，她完全不覺得自己有錯耶。」篠若嘆服道。「我知道這種人不少，但每次都覺得，怎麼會有人的恥力這麼強大啊？我要是遇見大概也是當場呆住說不出話來吧。」

「不用擔心啦，有我在，這種大媽要是被我遇到，我還不狠狠削爆她！」凱爾頗有氣概地說著，順勢攬住了篠若肩頭，篠若一時間不知道自己腦中突發猛爆性空白的原因，是因為這個甜蜜的動作，或是因為凱爾接下來的話。「不知道為什麼很多大媽上了年紀都這樣，穿衣服超沒品味超花俏、講話聲音也特別大聲特別尖，我朋友說可能是因為老了，眼睛老花又耳背，可是我看那些阿伯都不會啊，都是這些大媽特別誇張，可能更年期到了，連羞恥心都跟著流失了吧……」

篠若想起自己最近愈來愈不規律的經期、愈來愈難預測的流量，以及的確已經開始打聽老花的多功能鏡片，開始感覺凱爾擱在自己肩上那手，有點太燙太重，這樣的姿勢走起來也彆扭得令人無法忍受，她試著適應了幾步路，但實在沒有辦法，便假借整理頭髮，不著痕跡地滑出他的臂彎。

啊——那個帶著年輕男孩氣味的臂彎啊，連她自己都覺得超可惜的，下次要再被這樣的臂彎環繞，是否要等到下輩子了呢。

凱爾的手臂無預警被滑開的那一瞬間，空氣中出現了極微小的斷層，但畢竟薑還是老的辣，篠若無縫地輕快說起昨晚看的電影，那機智雋永的對話，到底是怎麼寫出來的啊？尤其是男主角在跳舞時說的那句什麼來著？凱爾很快地接上了。對對對就是那句，那句也太撩了吧！難怪女主角被耍得不要不要的。

凱爾像注射預防針時被轉移注意力的嬰兒，在意識到不對勁前被投入另一個愉快的情境裡。篠若一邊維持著情境，一邊分神憂慮著自己的膚況，說起那部電影的剪接手法還有些心不在焉，凱爾卻聽得忍不住停下腳步，睜大眼睛看著她。「妳好厲害！妳一定看過很多電影。」

她嚇了一跳，不知道該開心還是煩惱他竟然在這種自然光下直視自己的老臉。「哎呀，年紀大了看得當然是多一點。」

天啊幹嘛自己提起年紀？篠若講完就想咬舌自盡，跟凱爾在一起她總是想咬舌自盡。

「昨天沒說，不過我一直覺得妳很像片中的凱特布蘭琪。」凱爾有點不好意思地說，「就是很帥的那種美。」

凱、凱特布蘭琪？篠若繼續處於不知道該懷抱什麼心情的混亂。天啊凱特布蘭琪幾歲？無論如何都比她大吧？她像凱特布蘭琪？

「上次我跟大學同學去看另一部片時，我也覺得珊卓布拉克跟妳好像喔。妳們都是那種很有想法的女生，個性也很堅強……」

珊卓布拉克？太好了，她現在恐怕是宿醉巔峰，要不為何有種天旋地轉的感覺？冬日早晨的暖陽下，她不自覺地垂下頭，垂得像是可以滴出水。

在凱爾眼中，她究竟，幾歲？

凱特布蘭琪，和，珊卓布拉克，嗎。篠若在心裡尖叫。她們也是她心中的女神，但卻完全沒有辦法因為在二十五歲男生眼中「像她們」而感到高興，像陳意涵不好嗎？甚至像景甜也好啊，像任何一個說不出名字但甜美可愛鏡頭前可以毫不猶豫發出娃娃音的五線網紅都好。那些細緻斟酌用量、堆疊在她紙燈籠般的臉上的昂貴護膚品，不是為了讓她看起來像凱特布蘭琪的。

「美女裡面坐喔，看要吃什麼直接點就好。」一路旁出現早餐店，篠若為了停止這個話題，不顧一切地率先走了進去。

「欸連老闆都說妳是美女耶，他搞不好也覺得妳超像凱特布蘭琪。」

「早餐店老闆叫誰都是美女，你不知道嗎？」

「他就沒叫我帥哥啊。」凱爾點完鐵板麵和冰拿鐵，興高采烈地接著凱特布蘭琪的話題。

「昨天電影裡凱特布蘭琪在最後的口白，就很像妳在課堂上說的話啊，我覺得那超經典的耶，我以前都沒想過……」凱爾滿眼是對她的讚佩與崇拜，一個四十二歲的男人如果在一個二十五歲的女人眼裡看到同樣的東西，就知道那女人肯定對自己死心塌地跑不掉了，到底為什麼她就得面對這種該死的反轉？「就是去旁聽妳那堂課我才發現，我以前根本搞錯女性主義是什麼了，我決定之後再去多旁聽幾堂這樣的課……」

「你是說到南加大以後嗎？」下個禮拜，他就要出國了。

「對呀。妳對南加大類似的課程或老師有沒有研究啊？可以推薦我幾堂課嗎？」

「我其實不熟，不過我可以去問問看朋友，其中幾個……」其中幾個也有小孩正在那裡念書。「……可能比較有概念。」

「好啊好啊，我覺得妳真的好適合當老師喔，那天去旁聽妳的課，本來只是想嚇妳一跳而已，沒想到女性主義被妳講得好有趣，我回家還忍不住去搜尋了一些資料。」

那該是她的錯了。女性主義一點也不有趣，也不該有趣。但她懂什麼女性主義？她懂什麼？這個站在喜歡的男生面前滿腦子就是自己年紀太大不夠漂亮自我物化的女人，說、什、麼、女、性、主、義？

「而且妳的學生是真的很愛妳耶，超誇張，我沒看過反應這麼熱烈的課欸，他們運氣好好，能被妳這樣年輕漂亮課又上得好的老師教到，有沒有學生跟妳告白啊？一定有對不對！」

年輕貌美？剛被比喻成凱特布蘭琪和珊卓布拉克的篠若有些錯亂，想起系主任上週開會時對其他老師介紹她的開場白是：「篠若老師上學期雖然只在系上兼了兩門課，但可是全系教師評鑑最高分喔，由此可知，這年頭學生還是比較喜歡年輕貌美的網紅型老師啦，我們這種兇巴巴追著盯進度的傳統老師要多跟人家學習才行。」

她知道自己娃娃臉，但四十二歲頂多就是在場的教授老師中比較資淺，怎麼也算不上年輕貌美吧？況且年輕與貌美完全是兩回事，她就算在青春無敵的當下，也從未覺得自己貌美，況且是如今。她想起收到一面倒狂讚的教師評鑑時，感覺自己時薪幾乎要低於三元的瘋狂備課非常值得，但此刻想想，她忍不住又有點懷疑：也許，學生真的只是在一群無聊的教授裡特別覺得她「年輕貌美」才喜歡她？

但如果真是這樣，她何必擔心臉上的瑕疵在陽光下無所遁形？她何必在喜歡的男孩面前遲遲不敢抬起頭正眼相對？

她點的九層塔蛋餅送到了，她自然地對送餐的店員抬頭道謝，卻對上一張眼熟的臉。

「喔摸，是老師！」女孩用韓劇裡的誇張表情大叫起來。「篠若老師！喔我的天啊也太巧了吧！」

「啊，妳不要這麼激動啦……」她笑起來，記得這張充滿驚喜的臉，但不確定她的名字。「老師也是要吃早餐的啊。妳在這裡打工？」

「這我家啊！」女孩繼續用驚嘆號說話。「爸！媽！這是我們老師耶，之前我有跟你們說的那個老師啊！」

「欸妳不要那麼大聲。」篠若的笑轉而有些害羞，整間早餐店的人都在看她。「妳跟妳爸媽說我什麼壞話了？」

「喔，是那個老師嗎？那個小老師喔？」想不到正在櫃檯前的老闆娘真放下結帳的客人走了出來，她吃了一驚，連忙也站起來迎上。

「篠若老師啦什麼小老師。」女孩喊著。「我媽上次超驚訝，說我怎麼都出國玩了還帶電腦去寫作業，還以為我轉性了，我就說篠若老師交代的功課我一定要按時交啊。」

「真的假的？也太感人了。」她綻開整個早晨第一朵真正的笑，不擔心自己笑得太開讓紋路更明顯的那種。

「真的！有夠誇張，她自細漢沒有讀書讀得這麼甘願過，我就說我要好好感謝老師，我沒看過我們家這猴死崽子那麼認真，老師妳一定教得很好很認真，真的是謝謝妳。」

「老師歹勢，我這邊走不開，感謝妳平常這麼照顧我們家囡仔。」煎盤前忙碌的學生父親也隔空喊了過來。「老師這麼年輕就在大學教書，有夠厲害，以後我們阿心也拜託妳多照顧……」

「不會不會……」篠若和老闆隔了好幾張桌子與櫃檯互相沒完沒了地鞠躬。

「老闆娘，我還在等妳結帳吶，不要看到老師就忘記客人啦。」櫃檯前的客人喊。

「歹勢歹勢，你不知道我們這個老師真的是讓我們全家都很感動……」學生的媽媽趕回櫃檯前，不忘回頭拋下一句。「老師難得來，小東西就讓我們請一下，盡量點不要跟我們客氣吼。」

「什麼？這樣不好意思啦。」

「不會不會，我們沒有牛排請老師吃才不好意思……啊你這樣剛好一百三，謝謝。」

那個她不記得名字的女孩滿臉燦笑，跑去調味料區拿了醬油膏和辣醬跑過來。「老師我幫妳加醬，這個辣醬是我媽自己做的，很好吃喔，大家都說是天下第一辣……」

篠若笑得沒時間說明自己不吃辣，女孩又跑回櫃檯拿了凱爾的鐵板麵來，鏗一聲放他桌上，然後整個臉盤立刻向日葵一般轉回篠若的方向對著她笑。

「先生要加醬的話自己加。」女孩把醬料推過去凱爾那邊。「加完自己放回去喔。」

「同學——妳差別待遇也太明顯。」完全被晾在旁邊的凱爾恐怕不習慣對他視若無睹的女孩，臉色有點沉，但還保持著基本風度。

「老師妳怎麼會在這裡吃早餐？我們班男生說妳住在另一區啊。」

「咦？他們怎麼會知道我住哪裡？」

「哎呀我不小心說出來了嗎？」女孩故作驚訝但毫無悔意地張大嘴。「啊就他們有次跟蹤妳回家啊，因為妳都不說自己的私事，他們就在打賭說妳結婚了沒還是有沒有男朋友，後來就發現妳跟朋友一起住，應該是還沒結婚……那幾個白癡就說畢業以後要追妳，超好笑的妳怎麼可能看上這種臭男生……」

「但是她有男朋友啊。」凱爾把醬料放回調味區，坐回鐵板麵前，若無其事地說。「我們昨天住在附近的旅館，所以才在這裡吃早餐。叫你們班臭男生死心吧。」

「男朋友？」女孩睜大眼睛，終於願意正眼看他。「你？」

凱爾眨眨眼，笑著望向心跳快得幾乎可以咚咚咚就地打穿水泥地板的篠若。

他剛剛說什麼？那個意思是，他覺得，我們在交往嗎？是這個意思嗎？篠若突然想起自己誤擦夏季防曬的皮膚，可能還是斑駁粗糙的，而他竟然看著這樣的一張臉說，他是我的男朋友？

他們說的難道都是真的？一個女人，即使年華老去，只要認真經營自己，就會有願意真心相待的人？這種雞湯式的勵志金句，竟然是真的嗎？

「哇喔，這是大消息，我要去跟我們班男生說。不打擾你們約會啦。」女孩識相地退開，臨去前還拍拍凱爾的肩。「好啦你勉強算好看，勉強配得上我們老師啦，不要欺負她喔不然我們全班都會去圍毆你！」

女孩回到她送餐的工作裡，剩下剛確認了交往關係的二十五歲男與四十二歲女——噢，不行，這種組合，讓她想起從前眾人嘲笑的小鄭與莉莉。不會有人認真看待這種關係的，要不是當作諧星笑話，就是視為金錢關係，她想不出任何能說服自己的例子。

「想什麼？妳不會是怪我亂說我是妳男朋友吧？」凱爾一臉無辜。「我看妳這麼受學生歡迎，忍不住有點吃醋，一時衝動就亂說了。對不起啦。」

「那，可是，」她脫口而出。「你下禮拜就要去美國了不是嗎？」

「對啊。」

「那。」篠若逼自己吞下一個句點。

「那？」

凱爾看著她，她已經無暇顧及此刻在他眼前的皮膚有多可怕，明知自己愚蠢，還是忍不住幻想期待著一點什麼，如果他都願意坦承自己有點吃醋，那麼，下個禮拜就要出國的他，會願意為了自己，做什麼？

甚至——她自動降價——甚至，不必要是什麼強烈決絕的決定，只要他說一句「如果妳也能一起去就好了」，或者任何類似的話，她都真的會拋下如今的生活，跟著去。

她說不出口，無法承認自己正用全部的中年女人少女心，祈禱著一句話，哪怕是透露出一點點對未來的可能或期盼，都好。她已經準備好義無反顧了，四十二歲未婚女性的義無反顧，與二十四歲的可是大不相同。

「那，妳要趕快幫我問南加大有什麼跟女性主義有關的課，我才能去旁聽啊。」凱爾捲起一叉子鐵板麵，愉快地戳進嘴裡。「說不定還可以在課堂上認識跟妳一樣酷的女生耶。我跟妳說，認識妳以後我的擇偶標準完全被提高了，如果以後的女朋友或老婆，到妳這個年紀可以跟妳一樣聰明成熟又漂亮，那根本太完美了。不過感覺這好難喔，妳看妳啦，害我的標準高成這樣，以後去美國把不到妹怎麼辦……」

冬日的陽光灑進早餐店裡，學生跑過來，請他們吃一盤學生自己煎的蘿蔔糕，煎得有點兒太焦了，但篠若喜歡這樣的蘿蔔糕。

篠若問了學生他們店裡的洗手間在哪裡，學生帶她去了，路上不斷抱歉說這是跟附近市場商家共用的所以可能有點髒，她笑著說沒關係。

「老師妳要小心，廁所門口前面那個小水溝沒有加蓋喔。」

她點頭說好，跨過小水溝走進洗手間時，突然想起自己總以為女性主義是一條危險的河，無論要擁抱或實踐，甚至只是自覺，都是把女人自己置於險境。

但其實錯了。至少她的女性主義，四十二歲未婚婦女的女性主義，只是這樣一條流經市場與廁所門口的小水溝，沒有人會花心思苦惱是不是跨得過去，沒有人在意誰在岸邊站了多久考慮著要不要跨過去，那只是一條小水溝，對想要上廁所的人，稍微造成了一些麻煩，如此而已。

洗手間裡印著抓姦徵信社電話的小鏡子，映著的那張臉，和她擔心的一樣，浮粉浮得像是防曬與毛孔之間有不共戴天之仇必須楚河漢界地切割。遠遠地她聽見學生的爸媽又對來客喊著：「帥哥裡面坐，美女要吃什麼？」突然覺得自己再也走不出這個洗手間，再也跨不過那條小水溝，再也無法讓凱爾再看一次這張絕望的臉。

荔枝使用說明

這是一個極宜做愛的時節。

即使像是臺灣這樣一個真正的秋季只有約莫一個禮拜的地方，仍然有那麼幾天，晴朗、濕度低、氣溫在二十度上下，室外有風，因此體感溫度約為十八。

隸芝很慶幸能在這樣的日子裡做愛，主要是不願意在雙方互動時必然的彎凹曲折肌膚接觸中，讓汗積在肉身褶皺裡。在這種時候，全身上下除了嘴唇以外，隸芝希望自己濕潤的肉縫只有一個，多了就會顯得濕黏不清爽，就會顯得狼狽癡肥臃腫油膩，此為大忌。

學長說，妳不要介意，我不是嫌妳胖，我只是怕黏黏的不清爽，我喜歡清爽的女生。

隸芝同意，隸芝也喜歡清爽的女生。

即便要兩個正常體溫的人類在激烈運動狀態中身上沒有汗水津液相當不科學，她仍然要求自己像嬰兒尿布廣告裡那樣粉嫩的小屁屁，冰清玉潔片葉不沾身。但由於這樣的期待連她自己都知道過分苛求，因此總弄巧成拙：希望乾爽的部分毫無希望地汗成一汪，而唯一該濕潤的部分卻因為精神緊繃所以格外乾爽。

當然她希望今晚不要再出現這樣的事了。她不緊繃，天氣很好，溫溼度適中，為了避免意外還很對不起北極熊地開了冷氣。

這是一個可能接近完美的晚上。

夜色濃媚，不過隸芝還是覺得稍微有點不夠濃。她關了夜燈，可是外頭映入的不知道是月光還是路燈，房裡仍然顯得太亮，太易於辨識輪廓……而她最不願意被辨識的，就是輪廓。只消一點淡薄的月光，隸芝便感覺自己躺在手術燈下，體表的一切太多或太少都無所遁形。

所以她最怕的就是那種必須躺著和對方眼對眼的傳教士姿勢了，抬起雙腿折起身體時，她無法不考慮到對方眼裡自己的肚皮會摺成三層。她直到今天都還記得學長看了一眼她的層疊肚皮後，決定連營造氣氛的浪漫小夜燈都關上的表情。

此後學長都關著燈做，但不知為何隸芝在黑暗裡還看得到他那種表情。她總覺得當時學長關掉的不只是燈。

她稍稍脫離一下擁抱，移到窗邊，騰出手去拉上窗簾——好多了，但還是太亮，不能再暗一點嗎。

月光透過窗簾，冷酷地照亮她因為躺下而溢流，因此更顯垂贅的嘴邊肉，太粗不具線條感的脖子，沒入皮肉之中的鎖骨，圓實的臂膀，肥厚的蝴蝶袖和副乳一氣呵成如同祖國領土般自古以來不可分割，躺下後的乳房與肚腩攤成一片，完美地體現了脂肪平權的概念，無論長在胸部或長在腹部全都平起平坐，毫無性感可言……啊，之後的屁股大腿什麼的，她已經想不下去了。

妳的奶子是極品啊，學長一邊上她一邊說。可惜沒有腰，屁股也太大，妳的腰如果可以小五吋就好了，那會讓妳的奶子更大更性感，會讓男人更興奮喔，五吋應該還好吧？不難吧？是不是？妳可以的。

可以的，縱使五吋可能得耗上她五輩子，但是可以的，她可以努力。

她的哽咽假扮成呻吟在唇齒間逸散，同時剛才屏住呼吸收住的小腹又潰決了，她焦慮地想坐起身，希望好歹讓胸腹之間有那麼點區別，強調胸前唯一的高分項目，但立刻被推回原來的躺姿。「妳不要起來，這次換我服務妳……」

什麼服務？她更焦慮。我才不是**那種**需要被服務的女生。「不要啦我不習慣。」

「所以讓妳習慣看看啊。」正忙著一路吻下去的恩浩，嘴貼著她的身體不清不楚地說話。她深吸一口氣，好的，今晚看來是**這種**路線，沒問題，雖然不習慣，但恩浩想試試看的話，那就試試看吧。

恩浩的嘴唇降落在她內褲的褲頭（幸好今天是新買的性感低腰款），舌尖輕舔她的腰際，一陣酥麻電流還沒來得及竄完全身，她隨即想起那處肥肉最多，切一切做成紅燒可以供應一整套流水席的腰內肉，恐怕正讓褲頭的鬆緊帶勒出一道愚蠢的楚河漢界。那道勒痕清清楚楚浮現在她的腦中，如在眼前。天啊他在舔的是她想的**那種東西**嗎？隸芝好不容易才拚命忍住了推開恩浩、帶著她的肥美勒痕滾下床逃走的衝動，想起那顆胖肚子又忍不住哀號，然後趕緊把哀號假扮成呻吟。

恩浩沒有發現她的百轉千迴。

媽的到底誰做愛這麼累。

恩浩繼續往下，牙齒輕咬著被絲質底褲包裹住卻又透露著溼潤線條的柔軟陰脣，像是作勢啃咬新鮮的剛剝殼的透著微澀甜香還覆著一層白膜的飽滿荔枝。隸芝顫抖著，這次強烈的酥麻順利席捲了她。

這裡跟荔枝一樣又軟又嫩，好像一剝開內褲就會噴汁呢。學長一邊隔著內褲玩弄她一邊說著。羞恥與興奮同時衝擊著她，她想跟學長說不要拿她的名字諧音開玩笑，她從小就受夠這些玩笑了，但她沒有破壞氣氛，任由學長剝掉她的內褲，長驅直入，並且不斷開著荔枝的玩笑。

荔枝。隸芝。荔枝。隸芝。承受著彷彿永遠停不下來的撞擊時，她有時會弄不清楚，學長呼喊著的是她的名字，還是她的性器。

學長停不下來，學長一身都是他最討厭的黏膩汗水，胯間軟得像一截多餘的息肉，卻還是射不出來，學長忿忿地推開她，逃命似的退出她的雙腿之間，說這樣又油又黏的他沒辦法做下去，不，不是因為隸芝太胖，學長說他不是那種只在乎外表的人，只是，只是，感覺很油膩。

對不起，我有在節食，也有運動，可是我不知道為什麼還是這樣。隸芝緊閉眼睛，學長的臉換成恩浩的臉。對不起我這麼胖，對不起，對不起。

「妳好美。」恩浩在她（過粗的）腿間低喃，她卻異常警醒，太可笑了這是什麼言情小說的台詞，她才不吃這一套，這太好笑了，而且她並不美。

我知道我不是美女，不要想用這種話騙我！她在心裡尖叫。恩浩只是想安慰她而已，就像女生會假高潮那樣男生也會假裝對方很性感，這很溫柔但她寧願不要，寧願不要。她好想哭，她好想哭，不要碰那些令她羞恥的贅肉她好想哭。不要說安慰的假話她知道自己很胖她好想哭。

「芝芝？芝芝？」他的頭從她的下腹抬起來。「妳幹嘛憋氣？怎麼緊繃成這樣？」

「我才沒……咦？」她這才發現剛吸的那口氣一直沒吐出來，她趕緊恢復正常呼吸。「哎呀我就說我不習慣嘛。」

「好吧，不然看妳習慣怎樣就怎樣好了。」恩浩放棄取悅她的打算，轉身仰躺，做出任她擺佈的姿態。

「也不是我習慣怎樣的問題……」這樣講好像她已經做愛做出一套標準流程了，並沒有這種事！隸芝起身，爬到恩浩身上，吻他喜歡被觸碰的那些地方，說起取悅情人，她比恩浩懂的可多得多。

親吻。撫摸。舔舐。掌心滑過皮膚，手背弓起，指尖舞蹈般輕點，在接近敏感地帶時微微停頓……察覺到恩浩的呼吸聲變得粗重之後，隸芝緩慢變換姿勢，引導兩人趨於（她確實比較習慣的）後背姿，恩浩沒有表示意見，順勢移動到她身後。隸芝很滿意這個姿勢，垂落的乳房沉甸甸地區別出與其他脂肪的不同，不僅便於男方揉捏，也好好地刷了存在感，而肚腹贅肉受到地心引力牽引的同時，從恩浩的角度看來，她的腰身至少可以少個一兩吋吧。

這種姿勢很好、很好。學長說，奮力從後方撞擊她，這樣他們接觸的部分可以只有性器，除非他還想揉她的胸。當然他一定會揉她的胸，這個角度揉起來更大更爽。好險妳的奶子很棒，學長說。太好了學長很喜歡。

奶子很棒，但可能還是不夠棒。學長氣喘吁吁地拍著她過大的屁股，要她騷一點他才射得出來，她絞盡腦汁想著該怎麼騷，害學長射不出來太對不起他了，一定是自己不夠美不夠瘦的關係，該怎麼樣才能騷到讓他舒服喜歡？學女優那樣說話喘氣呻吟，假裝角色扮演，到野外到摩鐵到停車場到假日無人的系辦，通通沒有用，她還能做什麼？學長說妳願意學嗎？有的方法可能妳不太能接受。願意當然願意，學長都願意跟我這種女生在一起了，我什麼都願意學。

她四肢伏床，享受著恩浩的親吻撫摸，發出渴望更多的呻吟，那呻吟又讓恩浩的呼吸聲更加急切。該是時候了，隸芝揣度著時機，嫵媚地曲起腰肢，將自己折成一個魅惑的姿態，轉頭呢聲問：「寶貝……你是不是想幹我的蜜穴？」

「……」

她以為自己的聲音太啞，沒讓恩浩聽清楚，又說了一次。

「……不然？難道我是想幹妳的死穴嗎？」

隸芝身體一僵，有點想笑，又不太確定是不是該笑，這念頭一來一往，竟震得她的身體微微顫抖，直到恩浩將她轉過來，面對面抱住她，她終於忍不住爆笑出聲，笑得眼淚都停不下來。

「哈哈哈哈哈你怎麼這樣啦哈哈哈哈哈——」

「芝芝，芝芝？芝芝……」她笑得好大聲，好努力。太努力了，像是要遮掩什麼，恩浩必須一次又一次地喚她的名字，像是將一個夢遊到陰曹地府的人喚回來那樣，一次一次，一聲一聲，不能停下來，不然她又會迷迷糊糊地走回地獄。

芝芝。

「妳不要這樣好不好？妳不需要這樣的。」

這句話像句咒語，瞬間凍結了隸芝，另一方面，也融解了她身體裡某個部分，那個靠自己徒手敲得血肉模糊也敲不開的萬年冰層。

冰層裡埋著的那個隸芝，至今還在流淚，眼淚一流出來，就結成更厚的冰，更厚的冰。

禮拜四是每週交件日，下午六點前隸芝得完成所有手上的電子書編輯轉檔工作，將符合不同平台要求的檔案送交出版社，好讓他們趕得及在週末前上架，因此這個時段她通常相當忙碌，這點，恩浩是知道的。

知道，但並不妨礙恩浩在自己忙到翻過來的時候，來通電話拜託隸芝代替他接小孩，他和前妻的小孩。這週孩子們和恩浩一起住，偏巧遇上剛修完的勞基法生效，複雜的加班費算法搞得以他為首的部門在新法甫生效後的第　個發薪日前被整成一窩遭隕石砸中的蜂窩，忙亂、暴躁，並且怨懟無門。

「真的很對不起，本來還可以拜託助理去接小孩，可是她剛好前幾天提了離職跑回南部娘家去了，我真的沒有其他選擇……」

這句話並不盡然，恩浩其實還有選擇：打電話請前妻去接孩子。但可以想見的是，那又要成為另一項「你看你就是不可能當個好爸爸」的呈堂證供，在往後於公於私的任何情境下反覆出現，這並不在恩浩願意犧牲的範圍之內。

因此只好犧牲隸芝了。

把隸芝從工作中拔起來去取代無法從工作中拔起來的自己，恩浩自然是不願意的，但他沒有辦法，隸芝明白他的沒有辦法，在電話裡根本也不等他說明自己的沒有辦法，就一口接下了這差事，成為他的辦法。

倒也不是想藉此成為更重要更不可或缺的存在，或者愛他愛到什麼都可以擱下，其實隸芝隱約知道自己只是鄉愿，她只是太容易感受別人的感受，無法忍受自己不對別人的不快做點什麼。這兩年固定去的瑜珈教室老師總開玩笑地說：她的鄉愿作業系統每週更新，永遠維持在最高效能，會自動對別人的感受負責，自動運算找出可以讓別人好過一些的解決方案，即使那必須委屈自己。

「妳對別人都太有誠意了。」瑜珈老師有次下了個這樣的結論。

太有誠意，隸芝覺得這個說法下在自己身上簡直有種，怎麼說呢，電影裡那種外星人在遠古遺留下的地底建築在幾千年後被分毫不差地嵌入一塊天外磁石後轟隆隆地爬升起來變成一艘太空船，那種感覺。

「原來如此，原來我是個太空船啊」，那種感覺。

總之她去把孩子們接回來了，充滿誠意地。十一歲的智峰和七歲的智琳讀同一個小學，智琳中午下課後就在小學對面的安親班待著，所以兩個孩子是可以同時接送的，一點都不麻煩，麻煩的是他們的父母。

由於想要保有至少形式上的空間，隸芝並沒有恩浩家裡的鑰匙，她把孩子們帶回自己租賃的套房，智峰智琳兄妹倆書包丟著就窩到她的雙人床上看卡通，她拍下兩兄妹在床上看電視的照片，傳給恩浩，接著回到電腦螢幕前，繼續完成剩下的工作。

『別讓他們看電視，提醒琳琳坐有坐相，腳不要開開的不好看。』恩浩回訊，對同樣腳開開的智峰倒是沒有意見。

別讓他們看電視，說得簡單。她要是有其他辦法，也知道不該讓孩子看電視啊，問題是她的套房裡只有一堆堆博論的參考書，沒有其他東西可以讓孩子用來打發時間了，而且她工作還沒結束！

工作準時交件，向來是她對自己的最低標準，她不願意打破向來良好的紀錄。況且，這份工作對她而言非常重要，除了是支撐寫博論期間的經濟來源以外，也是極少數她可以真的不出門見任何人就能完成的工作。

不需要費心遮掩肥肉，不需要將遮掩肥肉這件事費心裝做不經意，不需要考慮衣櫃裡到底有哪一件衣服夠正式又不要顯得自己太在乎，不需要面對沒有任何一件衣裳可以讓她的腰圍瘦下五吋……這工作所能帶給她的尊嚴，遠超過表面的金錢收益。

她需要這份工作，需要做得好，好得讓業主們也需要素未謀面的她。

但內建的鄉愿作業系統又自行啟動了。她嘆口氣，伸長脖子問：「你們兩個寫功課好不好？」很沒用的問句，她知道。

「不要！」「我在安親班寫完了。」智峰乾脆地拒絕了，而智琳已經沒有功課可以寫，這時候要智峰單獨離開電視去寫功課，並不是她這樣一個「爸爸的女朋友」可以做到的事。

「啊，我還有一個回家功課還沒做，我們老師有說要回家和家人玩遊戲，這個沒辦法在安親班做。」

謝天謝地。「什麼遊戲？我們一起玩。」

智琳從書包裡拿出一個適合低年級的桌遊，即將要遞給隸芝時，又遲疑了。

「可是阿姨不是家人。」

確實不是。「那你跟哥哥玩好不好？阿姨在旁邊看就可以了。」

「不要！我才不要玩女生的遊戲！」

隸芝耐心解釋，這不是女生的遊戲，只是剛好和你玩遊戲的妹妹是女生。智峰隨即抓到重點，改變說詞：「我才不要跟女生玩遊戲！」

希望你在二十年三十年後不要後悔說過這句話。隸芝心裡碎念。「那這樣好了，智琳先教阿姨玩，回家以後，我再教爸爸，爸爸就可以跟妳玩，這樣就完成回家作業了，好嗎？」

智琳被這縝密的計畫說服了，從鐵盒裡拿出數十張畫著各種小魚的牌卡，用小小的手生疏地洗牌、發牌。智峰不肯去做自己的功課，又不能看卡通，只好在旁邊故作不在乎地不斷批評妹妹洗牌洗得很爛、發牌發到都被看光光……等等。

這是一個簡單加法的桌遊，智琳其實表現得很不錯，只是數數有時候會不小心跳號，每當有一點點錯誤，智峰就會用很不屑的語氣大聲糾正她，搶著幫她數完，智琳一緊張便數得更亂。隸芝知道哥哥只是想加入又拉不下臉，但顧及妹妹的心情，還是得不斷制止智峰。

「哎呀妳根本不會算都算錯！你們女生就是數學不好，不要玩了啦！」智峰最後索性伸手搶過妹妹正在數的牌卡。「我回家跟爸爸玩給妳看啦！」

「還來啦！我要跟爸爸說你搶我的東西！」智琳撲上去要搶回牌卡，兩人不僅手上的牌卡搶得面目全非，連餘下的牌卡也在他們的動作間被擠壓折皺。

智琳根本還沒好好地玩過一輪呢。隸芝制止兩人的爭吵，重新收回牌組，放回鐵盒，很嚴肅地問智峰：「你剛才為什麼說女生就是數學不好？」

「本來就是啊，她剛剛就算得很爛，算到十五後面就變成十八，笨死了，明明很簡單好不好……」

「如果她沒有算對，那是因為她剛開始學，不是因為她是女生的關係。」隸芝覺得有必要對這件事認真。「你剛開始學的時候也是這樣的，不是因為女生的數學比男生差。」

「明明就有！」

「誰說的？那只是……」

「爸爸說的啊，爸爸的數學比媽媽好，我的數學也比妹妹好，媽媽也說智琳遺傳到她所以數學不好，明明就是這樣，又沒有錯！」

「那你也不能搶人家的遊戲卡！」智琳終於有頂嘴的餘地。

從頭到尾，智琳抗議的都是暴力，而不是偏見。隸芝咬住下唇，這樣的女孩一輩子都不會相信自己的數學可以及格。

她想著自己該說什麼、能說什麼。實在無法確定恩浩和前妻對孩子說的原話是什麼樣，但作為這個家庭裡的外人，她似乎不適合斷然否認孩子爸媽的話。

況且，這對前任夫妻，對這件事可說是難得的口徑一致。該死的口徑一致，該死的理所當然。

們打開了電視。

隸芝看了一下時間，她真的必須回電腦前完成工作了。牙一咬，還是給孩子

兄妹倆仍然一邊看卡通一邊互看不順眼地吵吵嚷嚷，一下子是你坐過去一點一下子是你壓到我的頭髮了，隸芝一開始逐一調停，後來終於理解到那並不是需要調停的日常，便不管了，專注在時限前將該做的檢查都做完，只求速速交出檔案。

「過去啦！妳腳張那麼開是要給人幹喔？」

這話讓隸芝腿側倏地竄過一道既凍且麻的電流，她下意識夾緊大腿的同時驚慌地抬頭，看見小小的隸芝大腿內側挨了媽媽狠狠一巴掌，快速縮起腿……

「你才給人幹啦。」智琳噘嘴埋怨，但已經夾好雙腿。兩個孩子眼睛都還是盯著電視，彷彿這小小的齟齬甚至不如搶玩具需要上心。

「我是男生，不會被幹啦，妳才會被幹。」

「吼，為什麼？不、公、平！」

隸芝停下所有動作，腦內一片空白，只能呆望著自己的床上合起腿的智琳和腳開開的智峰。

「我沒有這種女兒啦，這麼小就想勾引男人，有夠花痴，我到底怎麼教的我！」媽媽撇手甩開小隸芝，小隸芝嚇得抱著媽媽的大腿一直哭，剛剛想買的那件露背澎裙小洋裝也不敢多看一眼了。

「那、那個……」她努力讓自己回過神來。「智峰，你剛剛說什麼？」

「蛤？」智峰轉過頭來，一臉可愛的矇樣。「沒有啊。」

智琳也轉過頭來看她，同樣一臉不知道阿姨在說什麼的表情。

「你剛剛，叫妹妹腿合起來的時候，怎麼會……」她有點難以重複那句話。

「怎麼會那麼說？」

「啊她就腳沒有合起來好好坐著啊。」「我現在有合起來了啦！」

「不是，我是說……」天啊為什麼會這麼難啟齒。「哥哥怎麼會說妹妹……給人……給人幹？」

「媽媽說她坐沒坐相，腳不合起來就是要給人幹啊，跟她講好幾次了都不聽──」

「我剛剛忘記了啦──」

隸芝覺得自己的腦子不太轉得動。「媽媽她──」不應該在孩子面前批評媽媽，況且是爸爸的女友這樣尷尬的角色。「媽媽她……她是這樣講的嗎？她……你們知道那是什麼意思嗎？」

「知道啊，就是這樣！」說時遲那時快，智峰以迅雷不及掩耳隸芝不及掩面的速度，翻過身來跳到智琳兩腿中間，抓住她的膝蓋，扭腰做出前後推進的動作。

隸芝驚叫著彈起身，腦子啪一聲斷電，撲過去拉開智峰。「不可以這樣！」

智峰被隸芝猛力一拉，跌下床，頭側在書架邊角撞出一個傷口，鮮血咕嘟、咕嘟地冒出來，與心跳脈搏同步，節奏十足。

咕嘟。咕嘟。咕嘟。咕嘟。

有時候她真的不知道，究竟是這世界太扭曲所以才令人受傷，還是因為人們不斷受傷，才讓世界一點一點地扭曲了。

⸻

恩浩進入她的時候，她還在說著話，她希望恩浩能撥出一段時間和她一起給孩子們講基本的性教育，恩浩有點為難，一來是這聽起來像是孩子們的生母應該以及已經做的事，一來是因為孩子們的生母與她在三個小時前還在醫院的長廊上為這件事吵得差點打起來。幸虧智峰只是皮肉傷，不然她們肯定要爭到其中一個人也住院不可。

不過最重要的還是，他現在正要對她做的這件事，身為父親真的不知道該怎麼對孩子們說。

他挺腰深入隸芝的內裡，有點開玩笑地用陰莖戳戳她。「是要跟他們講這個嗎？是嗎？」

「我希望你一起來，是因為我想要至少統一我們兩個人的說法，至少不能對性有骯髒可恥的聯想。你前妻想要那樣教我沒辦法阻止，可是，好歹我們可以多一種說法給小孩參考，拜託，這很重要，爸爸媽媽的態度基本上就是官方的使用說明書，一旦種進小孩子腦袋裡，就幾乎不可能扭轉了，這樣不行啊。」

恩浩突然覺得奇怪，他不曾在性愛中聽隸芝這樣說話，她通常是迷醉狂亂地呻吟扯床單或抓自己的頭髮，彷彿他的陰莖身兼核電廠控制棒與燃料棒，除非有什麼人為疏失，抽插之間合該控制核反應的速度……可是隸芝現在說話的語氣，彷彿完全沒有感覺到棒子這回事。

不得不承認這確實有點傷他的自尊心。之前的性愛過程裡，隸芝都很投入……有時候，甚至是太投入的。那些淫詞穢語他不是沒有聽過，在尚未有性經驗前就在A片A漫裡領教無數回了。但怎麼說呢，那些話語從隸芝口中逸出來的時機、語調，甚至配合的姿態與眼神，都，太標準了，標準得幾乎讓他以為這女孩經過某種訓練。

在做愛的時候聽見她這麼說話，極其反常。他竟然覺得有點，開心？

「她那樣也不能算是性教育，頂多是品格教育吧，就是坐有坐相這件事教得過頭了點，但我也不是不能理解宴容的想法，她寧願自己教的時候嚴厲一點，也不要讓小孩出去被人家講話啊，大家不都是這樣教的嗎？」

恩浩一邊說一邊擺動下體，觀察著隸芝的反應，不過成效不彰，隸芝沉浸在自己澎湃的思緒裡，搞得恩浩不像在抽插，反倒像在敲門，叩叩、叩叩，而門後的女友顯然不在場。

「就是因為大家都這樣教，要讓他們知道性不可恥才更難啊。你看，連我們這些長大了還讀過那麼多書的人，都覺得這樣教很正常、沒關係、大家都這樣，根本就很少人去想到，女生在社會上遇到很多的偏見和限制都是這樣來的……」

「寶貝，寶貝。」恩浩停下動作，深深地環抱住她。「妳現在是在對誰生氣啊？」

「你一定覺得我很誇張對不對？覺得我小題大作隨便滑坡，覺得反正女人就是這樣神經質對不對？你知道嗎我根本不可能讓你了解這件事有多重要，因為你不是**這樣**長大的，因為你是**那樣**長大的，你學到的女人就是很誇張小題大作情緒化，我學到的女人就是腳開開會被人幹乾脆出去賣！」

恩浩抽出還在女友身體裡那一截，有點軟掉了，不過沒關係。「我覺得滿高興的耶其實。」

「……你有病嗎？」

「沒有，其實我滿高興你對智峰智琳的性教育有想法，畢竟妳不是他們的親娘，甚至也不是後母，對他們是完全沒有責任的，會這樣想，一定是真的也很在乎他們。還有就是，我覺得，跟之前做愛的感覺比起來，」恩浩想了想，說。「妳現在這樣，真的讓我有一種妳在跟我做愛的感覺，不是隨便哪一部A片裡的男優女優在做，就真的是我們兩個，那種感覺。」

隸芝望著男友，這個大了她快二十歲的男人，不知道為什麼，那微禿的頭頂和微凸的肚腩，看起來竟然會這麼帥。而他說的那段話竟然讓她第一次，第一次感覺到自己是在做愛，而不是給人幹。

她一直以為，合意性交就是所謂的做愛，但原來只是自願給人幹。

做愛是什麼，她竟然現在才弄明白。

對於給人幹這件事，隸芝並不陌生。從小，在她還不知道給人幹是什麼意思的時候，她媽媽就不斷要她去給人幹，為的是希望她不要這麼快給人幹。

這是為人母親的特權，就像不斷恐嚇孩子「警察要來抓你了」，孩子就會警醒地避免任何家長不願意他們做的事那樣；恐嚇女孩「去給人幹」，也是一種期許她們不要隨便給人幹的善意。

人類善良起來有時候相當複雜，但在那樣的年紀，孩子不會知道父母心裡的神祕盤算，尤其是給人幹這件事，因為實際上不知道是什麼意思，因此特別嚇人。

每一句去給人幹都意味著不要去給人幹，這不可明說的特質讓性自然長成陰濕角落裡茂盛的蕨類，不斷向子宮噴發孢子，使其更加濃鬱陰濕不容探問，密密地提醒女孩：不可說的「那件事」只能是一個被動式，並且多數時候，連被動都是有罪的。

此後，「尿尿那裡」的使用說明書上，就此印下不可能塗改的註解，等到上了小學中學，那些課本上避重就輕的說法，就只能淪為考題答案，考完了就像說明書上白紙黑字邊角的毛屑，一聲故作神祕的「噓——」，呵出來的氣就足以吹得一乾二淨。而同學間流傳的關於在父母虛掩的房門與色情收藏品中出現的動作和詞彙，則強化了那些陰暗隱晦需掩鼻皺眉如下水道的註解。

妳尿尿那裡，妳的妹妹，妳的小穴，還有學長說的，妳的荔枝，每一種拐彎抹角需要搭配眼神與表情的代詞，都強調著禁忌，而禁忌究竟會帶來快感或是恐懼，則是因人而異。

或者該說，因性別而異。

長大以後，幾次在女生宿舍裡和室友們抱著抱枕黑著燈一起看謎片的映後座談裡，隸芝才知道，原來不是只有自己小時候老是被媽媽叫去給人幹，別的女孩，就連那些不叫做隸芝的女孩，有很多都是這樣長大的。

「妳為什麼不喜歡吃荔枝？」包含恩浩，所有熟識她的朋友，總會這麼問她。

「因為我叫做隸芝啊。」

「就因為這樣？」

「哈哈沒有啦，荔枝太甜，容易胖。」

於她，荔枝是一種罪惡，卻不僅僅是因為太甜，這說法只是容易理解，不必掏心掏肺，沒有直面過去的危險。

因為名字的關係，隸芝從小的綽號就是奶雞，荔枝的台語發音。她記得小時候媽媽比她還討厭朋友們叫她奶雞，媽媽說，她挑得那麼久、那麼用心，取得那麼好、那麼有氣質的名字，應該要如隸書般秀逸、芝蘭般優雅的名字，結果才上了小學就整個翻盤，被叫成奶雞？

這是媽媽的第一恨。

第二恨是，隸芝沒有遺傳到她的纖細修長，小學四年級初經一來便開始橫向發育，乳房屁股長得一應俱全，卻一點也不像媽媽想像中「迷你的自己」那般纖巧可愛，過早湧現的賀爾蒙讓隸芝全面往「奶雞」這個綽號貼近，將第一恨與第二恨結合得名實相符。

媽媽恨，所以隸芝也恨。恨這名字與這身材，以及同時擁有兩者的自己，這邏輯似乎非常自然。

這個名字與這副身材，是隸芝整個求學時期的惡夢。女孩們都還在抽高的時候，她已經開始長出性徵，男孩們還沒變聲，已經從哥哥爸爸那裡聽來奶雞的另一種涵意，惡意一來，叫她的同時不僅誇張地在胸前與臀後畫出巨大的圓，還要問她一個小時多少錢。她想過換名字，媽媽也想過，但戶政事務所的阿姨說，小孩們叫習慣了就不會改，發現這樣可以傷害她更加不會改，就算法律上改了名字他們還是會這樣叫，勸媽媽等隸芝長大了再讓她自己決定。

媽媽或許是覺得有道理，或許覺得與其換名字不如改造女兒，於是斷了改名的念頭，砸下高額學費將隸芝送去學芭蕾舞，希望能藉由運動讓隸芝體態修長些，舞蹈則可以陶冶氣質，但隸芝的身形包進緊身舞衣與澎澎紗裙裡完全是一場災難，她數不清有幾次成果展是哭著上台，下台後哭著看媽媽不悅離開的背影。

「我不需要她變成名模什麼的，我只是想要她有氣質一點！這有很難嗎？她是我們的女兒耶，有氣質這種要求會有多難？」有一回，她聽見媽媽在房裡對爸爸哭著這麼說。爸媽都是身形修長的老師，一個教大學、一個教補習班，如此登對的夫婦旁邊冒出一個這樣的女兒，連她都想懷疑自己是不是抱錯的。

每當母女為了這種事情吵架，爸爸總會趁媽媽沒注意時，到隸芝房裡抱抱她。「爸爸小時候也是胖胖的，妳是遺傳爸爸了，不過沒關係啊，長大就會瘦下來了，不急。我們好好充實自己，等到長大瘦下來，妳就是最有氣質的小仙女了。」

她懷抱著這個希望，照著媽媽的安排，將作文演講書法美術提琴芭蕾各類才藝，代替被嚴格禁止的糖果餅乾炸雞可樂薯條那樣往身體裡塞，可是難道學太多才藝也會發胖嗎？她這麼努力了，卻只抽高了一點點，胸圍臀圍腰圍則是不斷膨脹。

更後來，她的女性性徵已經長到爸爸不再覺得適合抱抱她說些安慰的話了，而媽媽看著她的表情愈趨嚴厲，像是相信她被叫「奶雞」叫久了，就真的會變成妓女似的，審查她的所有穿著、舉止、表情、說出的話以及說話的對象。

她不能對男生笑，媽媽會說這樣很騷；不能跟男生講話，媽媽會說難道妳這副德性也想談戀愛；不能對男生生氣，媽媽會說這樣很假掰；甚至不能在男生面前哭，因為媽媽會說妳在裝什麼可憐。她不知道要怎麼讓媽媽知道，她不是想要當白蓮花或綠茶婊才笑才哭才說話才生氣的，就像一個人若是被說成醉了瘋了，便幾乎不可能證實自己並沒有。某種語言的暴力是，愈想自證無罪，愈會把自己推向絞刑臺。

後來她對男生總是面無表情，媽媽就冷冷地說，妳以為妳是冰山美人嗎？

不，我知道我只是會撞沉鐵達尼的龐大冰山而已。她在心裡這麼想。

她不知道怎麼樣才算是不假仙，她很害怕自己一不小心就會真的變成「出去賣的」，她很努力想要變成媽媽心目中的氣質小仙女，可是那些應該轉化成氣質的才藝，都被困在脂肪裡，變成自卑，變成牢籠。

長大後聽人家說誰誰一看就很有氣質這種話，總覺得荒謬，她比誰都清楚，氣質根本不可能看得出來。他們說的那種氣質是一種可購買的配件，通常需要相稱的外表搭配，就像飄飄仙氣的雪紡洋裝需要纖細的身體，筆挺的襯衫老爺褲需要修長的身體，它們不需要隸芝這樣的身體，這樣超出尺寸的身體無法搭配任何一款氣質。

她於是明白，擁有這樣的身體，最該做的不是培養內在，而是保持低調，讓生理上太過碩大的自己，精神上盡可能地融入背景，不要期待任何愛慕與渴求的眼光，那樣的眼神，掃描不到這麼龐大的她。

但偏偏就有，那人是她所上的學長，被稱為風流才子卻只因為風流而非有才，才子二字只是因為不知道能在風流後面加上什麼結尾名詞順口兜上而已。他一派蜂蝶鶯燕都樂意招呼的玉樹臨風，穿著一律是無印良品或者更貴一點的無印良品，瘦高的身材上掛滿了大大小小各形各色索價不菲的氣質，看到女生不小心露出底褲時會誇張地抬起手遮眼睛，務求所有人都能清楚看見他維護女性隱私的風度翩翩。

竟是這樣的人，首先看到了她。隸芝是全世界最不相信麻雀變鳳凰的人了，但被這種她一輩子都想成為的人充滿柔情與渴望地注視著，誰能怪她無可救藥地化成學長手上隨意揉捏的一塊肉？

妳的奶子是極品。激情時學長這麼說。但如果腰可以再小五吋，大腿再瘦一點就更辣了，喔我想到就受不了，那樣幹起來一定超爽。學長的手揉著她的胸，因為想像著纖細的腰腿而欲望勃發，也不像之前那麼軟了，雖然只維持了幾秒又軟了下去，但那當然是她的錯，她不夠瘦。

從此以後她晚餐只吃沙拉，為了離她整整五輩子那麼遠的那五吋，她懷疑自己可能生下來就不曾達到過的那個標準；如果有聚餐，她每隔二十分鐘就去廁所催吐；半個醫藥箱裡都是酵素與瀉藥，期待有一天能以此間接根治學長的萎軟。

可是沒有用，她的胸部縮水了，人也憔悴了，腰與屁股還是一吋也不減。最後她走進這輩子沒想過會走進的整形診所，學長特別叮嚀她：我愛的不是妳的身體，但如果妳這麼做會比較開心，那就去做吧，還有抽出來的脂肪不要浪費了，胸部可以再多一點沒關係，妳之前減肥都減錯地方了。

麻醉前她最後一個念頭是，怎麼沒早點想到這麼做呢？如果國中時就能抽脂，媽媽不知道有多開心。

媽媽後來知道了，說：「還不是整出來的？為了給人幹妳還真拚命啊。」

後來，這個討論性教育的晚上，恩浩沒再嘗試將任何棒子插進反應爐，他將臉埋在女友飄著皂香的長髮裡，手擱在他單臂就能捲起的女友纖腰上。恩浩是個不知道她胖過的男人，這件事讓隸芝很有安全感，但這個祕密卻讓恩浩很沒安全感，覺得自己接下來這個問題可能危險不下核事故。

「妳是不是，以前演過A片還是做過S之類的？妳老實說沒關係喔，我沒有偏見，只是想知道。」

「你瘋了嗎？說這是什麼話？」她竟然笑出來，所以，這不是她的祕密？

「我覺得妳對『被人幹』這種話特別敏感啊，而且……」他終於決定說出來。「我們在一起三年了，每次妳都叫得超誇張超敬業的，就算我知道自己狀況不好的時候也一樣，這不合理啊。」

隸芝覺得很尷尬。「你不喜歡嗎？」

「不是啊，這個，本來就是有時候喜歡有時候不喜歡，不可能每次做愛我們都搞得跟A片一樣，欸我們真槍實彈耶又沒有剪接。」

「我以為，男生都喜歡這樣，我希望你覺得我很喜歡跟你做愛。」
「我這種條件，我才怕妳不喜歡跟我做愛咧。而且，我喜歡妳是因為妳的內心和妳的氣質好嗎。」
「男生都這樣講啊，不然你會說你喜歡我的肉體嗎？」
「是也滿喜歡的啦。」被打。「可是說真的，有時候看妳那樣叫，我會很心疼。」
「其實，有時候我叫也不一定因為舒服啦。」她終於說出來了。
「蛤？不然咧？」
「有時候是很痛，可是不想讓你發現，就假裝是很爽。比如說，你有時候用手指弄那裡的時候就滿痛的。」
「哪裡？」
「就那個，小豆豆啊。」
「什麼小豆豆？欸，啊剛剛不是才說要去污名？說好的性教育咧？」
說好的性教育咧？她有時候想，連吃顆荔枝都還得內心掙扎的自己，可能需要重新投胎，要不然，讀再多書懂得再多觀念，她的官方說明書也還是那個被毀滅五百萬次的核災現場，再難以重建。

以為走出整形診所後就能脫胎換骨，就像剝去粗糙灰澀的那層殼後，一顆荔枝理所當然可以展現柔軟甜蜜充滿誘人香氣的白嫩姿態，可是整形診所沒告訴她，那層殼剝去以後，就會在最裡面開始往內長，那些殼上凸起的棘刺，會愈來愈尖，只往她自己的肉裡扎。

在瑜珈教室上課時，瑜珈老師固定會用一套動作帶學員靜心與伸展，其中一個她特別厭恨的動作，需要盤腿坐在瑜珈墊上，雙手與肩同高，往前拉伸的同時，上半身圓背捲起，伸展脊椎，而視線會自然而然，落在自己的肚臍。

然後她便無法避免不在盯著肚腹時，「看見」藏在瑜珈褲頭下，兩道曾是抽脂傷口的疤痕，真的，即使褲子蓋住了她也總是看得見。好幾年過去了，傷口已經成為淡得連恩浩都沒有注意過的痕跡，可是她永遠看得見，永遠看得見，有時她甚至覺得自己開始出現幻視，好像盯著那傷痕久了，那段她不是隸芝只是學長口中「荔枝」的黑歷史就會像腐臭的血水一樣，從那兩道傷痕噴出來。

所以她盡量不看那兩道傷，可是不看的時候，也沒辦法不想。她總想起牛的鼻環，總感覺那兩道痕跡上正穿著繩套著環，拖著她往深淵走，沒有人看見沒有人知道沒有辦法對任何人說出口，就連恩浩也一無所知，但卻是比她自己更鮮明更強烈的存在。

隸芝曾經看過一則不知真假的報導，在世界上某個熱帶雨林裡，有一隻母紅毛猩猩從小被人類擄走，用鐵鍊拴在小屋裡，刮毛上妝，穿上不知道該說是多餘還是裸露的衣飾，打扮成女人的樣子，充當全村男人的性奴。被動物保護組織救出時，她已經習慣見到男人就撅起屁股，做出能夠刺激性欲的撩人姿態。

她有點恨這則報導，不是恨那個熱帶雨林裡的一切，是恨這則報導，為什麼要讓她看到。

捲起身體，拉開身體，拗折身體，她專注投入將動作到最好最標準，很少需要老師修正。瑜珈老師說，感受自己的身體，觀照自己的內心，她其實一直沒真正理解那是什麼意思，但沒有關係，她可以想像自己在打磨一個要送給恩浩的精緻禮物。

瑜珈結束後的大休息時，老師照舊關掉所有的燈，要大家閉上眼睛，然後在黑暗中，將麥克風遞給瑜珈墊上的某個人。某個人，說了隸芝看過的同樣一則雨林故事。

「我聽說那些男人，包括母猩猩的飼主，都沒有受到任何懲罰，連罰錢都沒有，因為當地法律沒有想像到會有這種事情。」

「我希望他們去死。聽起來好像是覺得他們應該受懲罰，可是我不是那個意思，其實我不是很在意法律有沒有懲罰他們、怎麼懲罰他們，我的意思是，不管他們有沒有被懲罰，即使是被狠狠地懲罰以後，還是去死。」

黑暗裡那個說話的聲音如此平靜，隸芝卻不知為何，感覺到自己的眼淚滑進耳際髮鬢。

大休息結束，燈亮後，各人默默收拾自己的瑜珈器具，她頭也不敢抬，怕誰和她對上眼會猜測剛才分享這故事的人是自己。才不是，那不是我，那只是一隻猩猩，一則故事，跟她沒有關係，甚至不是從她嘴裡說出來的。隸芝將捲好的瑜珈墊用背繩捆好。不知道為什麼，這則故事顯得太切身相關，就像是長在她裡面的荔枝果棘，張牙舞爪地伸出來，而她深怕被發現。肚皮上的兩個牛鼻環，急切地想把她扯出瑜珈教室外。

離開教室而經過瑜珈老師時，老師旁邊圍著另外兩個學員，她不打算加入話題或打擾，垂著眼匆匆走過，只聽見不知道誰低低說的半句話：

「……我覺得，她希望的其實是，自己去死，她自己。」

那個「ㄊY」的發音幾乎聽得出部首。除了指涉一個女人還會有別的可能嗎？沒有。

「隸芝。」

她以為經過了，卻突然被叫住。這不關我的事！從頭到尾都不關我的事！

隸芝悚然回頭，瑜珈老師越過其他學員的頭對她擲來一個清閒的微笑：「掰掰，下週見囉。」

她嘴裡驚慌失措地跌出不知道哪些回應，牛鼻環拖著她，腳步零碎地走出教室。教室外頭，恩浩的車在路邊停著等她，她想起今天是週末，要在恩浩家裡過夜。進車裡一股甜香嘩地潑了隸芝一身，她隨即辨認出那是荔枝的氣味。

「在等妳的時候看到路邊有貨車在賣，還滿便宜的，就買一些回去給智峰他們吃。」恩浩趕緊解釋，他知道隸芝不吃荔枝，還買那麼多完全是為了孩子。隸芝笑了，她一直知道恩浩也愛吃，因為知道自己堅決不吃以後也忍著少吃，其實又沒關係。

「我又沒有覺得你會逼我吃，不要緊張好嗎。」她多補了一句話。「我只是怕吃多了上火而已。」

「啊對了，今天他們開始放暑假，宴容也剛好要出國一陣子，小鬼們會留在家裡三個多禮拜。」恩浩說。「妳想給他們性教育的話，這段期間剛好。」

這傢伙竟然記得自己兩個月前說的話？隸芝轉頭看他專心開車的側臉，嘴角漲起甜意。想起自己那時太激動，說完之後還很後悔，還沒當繼母就管到別人家小孩性教育，還因此跟孩子生母吵架？連她自己都覺得這聽起來很有事。

「什麼我給他們性教育？你不用嗎？哪有人自己小孩不教給別人教啦。」

「哎喲我不會講我只會算錢而已，妳讀過比較多這種書，妳教啦，我在旁邊當助教，喔不對，動作指導！」

「就一張嘴……那你待會便利商店停一下，再多買根香蕉和保險套。」

「香蕉跟保險套，妳不是讀很多兩性的書？就只會這麼老套的招？」

「你很創新，你自己教。」

「哎，小七聽說有香蕉，保險套就不用買，家裡多著了。不要讓我女朋友發現少一個就好。」

性教育是這樣的，隸芝發現，不管成人面對這樣的事時再怎麼懂得開聰明幽默的玩笑、曖昧的擦邊球與雙關語，真正要面對小孩，必須使用正確的名詞和態度時，往往就只剩下，其實一個不小心就結巴、漲紅臉、滿頭汗或不斷眼神飄移的自己。

說到底，沒有幾個成人接受過像樣的性教育，扣除A片情節、言情小說描述、諧謔曖昧的綜藝哏之後，能對孩子說的，其實非常非常有限。別說「做愛」、「性交」這些詞彙，還必須不斷改掉用「下面那裡」、「雞雞」、「妹妹」迂迴代稱陰莖陰道的習慣。

「可是陰莖要怎麼放進陰道裡？」智琳困惑地看著套住保險套的香蕉，再看看爸爸下半身，顯然是在想像這兩個東西的位置似乎不太容易隨便就放進去，恩浩被女兒看得直想尖叫逃走，被隸芝用力按下來。

「啊……這個……」隸芝數不清這是第幾個深呼吸，轉身先把一旁的冷氣遙控器抓過來，又調低一度。「就是，男生和女生下面那裡……我是說陰莖和陰道，就是呢，腳要打開，像剪刀一樣，兩隻腳中間的東西才能碰在一起，我是說，陰莖才能放進陰道裡。」

她到底在說什麼？

「像這樣嗎？」智琳前後跨開雙腿，做出賽跑前預備動作。

「像剪刀一樣打開？」

「不是……也不是不行啦……」她十分為難，幾乎要扭斷手裡的香蕉，尤其是看到恩浩憋笑的臉，必須立刻轉開視線。「通常是，往左右兩邊打開，妳那樣也可以，只是比較少……」

「放進去就會生小孩了嗎？」智琳等不及她的支吾其詞，插嘴問。

「要放多久？」

「呃嗯……不一定，每個人不一樣。」這算答案嗎？天啊這算答案嗎？

智峰在一旁很不耐煩。「就是我上次弄妳那樣啊，戳戳戳，多戳幾下，雞雞就會射出來了啊。」

「射出來?!」智琳驚慌。「那你不會流血嗎？那你的雞雞就跑到我陰道裡面了嗎？那我被射到會很痛嗎？」

「不是啦！」恩浩、隸芝和智峰同時叫出聲，隸芝根本不知道該先強調哥哥和妹妹不可以這樣，還是先解釋雞雞射出來並不是雞雞自己射出來……不對，要說陰莖，要說陰莖才行……

隸芝抱住頭，非常絕望。「那個，小峰，你先等等不要急著說，我先跟琳琳說完，你再跟我們說你知道的好不好？」

「那我可以去打電動嗎？這些我全部都知道了啊，只有琳琳什麼都不知道，我四年級了早就知道了啊那麼簡單，而且我們班長從一年級開始就在吃他表哥的雞雞……」

「什麼！」隸芝彈起來。「這是真的嗎！」

「妳幹嘛？」智峰被隸芝的反應嚇了一跳，但還是想維持自己酷酷的樣子。「班長說他媽媽也會吃爸爸的雞雞，這是感情好才會這樣，又沒有關係。」

「這樣不行，我等等打電話跟你們老師講這件事，如果是真的那這件事很嚴重。琳琳妳要記得要是有人叫妳這樣做絕對不可以喔，要趕快回來跟爸爸說，我立刻去打死那個人……」恩浩終於能說句完整的話，趕緊拿出父親的樣子。

「奇怪耶你們剛剛不是還說這種事不可恥也不骯髒嗎？幹嘛這麼兇啊？早知道不要跟你們說了，這樣班長會覺得我告密是抓耙子啦！」

隸芝崩潰地望向恩浩，毫不意外男友也是一臉絕望的表情。這種事不可恥也不骯髒啊，但是為什麼連對孩子說出性交二字都那麼艱難？我們要怎麼解釋為什麼不可恥不骯髒的事，智峰不可以對妹妹做，即使那只是假動作；為什麼班長不能對自己的哥哥做媽媽會對爸爸做的事，假使那「真的」不可恥也不骯髒？假使那樣應該代表兩個人互相喜歡？

為什麼如果有人要對智琳做「不可恥也不骯髒」的事，爸爸的第一反應就是要打死那個人？

雖然向來厭惡那些打著護家愛孩子旗幟的反性平教育團體，雖然向來主張性教育必須趁早，但隸芝此刻真的有些理解，那些不願意對自己孩子談性、希望孩子不要接受性教育，甚至永遠不想知道自己的孩子對性了解多少的父母，心裡是怎麼想的。

隸芝想起很久以前讀過一個寓言故事。大意是有個自以為聰明的傢伙，有天發現有一群放風箏的人都擠在一起，他就自己帶著風箏到旁邊空曠的地方放，但在與風力拉扯對抗好一陣子，風箏終於穩穩地停在空中以後，那人才發現，自己也已經身在剛剛被他暗笑的那群人之中。

她完全就是那個回過神來發現自己沒有比別人聰明的蠢貨。性教育要實行起來，真該死的下地獄的難。

尤其當大人自己也不真的打從心底相信「性不可恥也不骯髒」的時候，尤其當這些大人心裡的使用說明和他們說出來的根本不一樣的時候。

但愈是如此，隸芝愈不敢放手讓他們「自然而然就會知道」，她必須好好幫兩個孩子寫下最初的官方說明書。

「阿姨，我們可以休息一下嗎？」智琳水盈盈的大眼深瞳朝著她眨了眨。「爸爸剛剛買回來的荔枝好香，我想吃……」

「好啊好啊，現在應該冰得差不多了，現在吃剛剛好。」恩浩簡直像好不容易找到下台階那樣連滾帶爬跌下去，趕緊從冰箱裡將荔枝拿出來端上餐桌。「不過不要吃太多，荔枝吃太多對身體不好喔。」

「耶——」智峰和智琳跳上椅子，在桌邊吃荔枝吃得汁水淋漓。智琳一邊吃一邊望著還呆呆坐在原處的她，喊著隸芝阿姨過來吃荔枝，被恩浩柔聲阻止了。

「沒關係，我們吃就好，阿姨不喜歡吃荔枝。」

「蛤？隸芝阿姨為什麼不喜歡吃荔枝啊？」

「笨耶，因為她不能吃自己的同類啊，哈哈哈哈！」

隸芝望著他們沾滿甜美津液的白嫩小手與小嘴，剝殼、舔舐、啃咬、吸吮、吞嚥，以及享受，突然看懂了，那畫面其實就是一場性愛，單純而原始，不可恥也不骯髒，並且不需要不斷心虛地強調「不可恥也不骯髒」，性愛可以是這樣的，應該是這樣的。

吃荔枝，也是。

到底為什麼，她不能吃荔枝？她喜歡荔枝啊，誰不喜歡多汁又甜美的新鮮水果？她喜歡荔枝的，在還不知道荔枝的臺語發音影射著媽媽口中「出去賣的查某」之前，在她的身體某處還沒有被學長指涉為荔枝並且棄絕如臭酸廚餘之前，她喜歡的。

很久以前，她是喜歡吃荔枝的。她想起來了。

「阿姨喜歡吃啊，等我一下，我去洗個手，你們要留給我喔。」

「好——」

智峰和智琳童聲軟語地喊著，她放下還套著保險套的無辜香蕉，去廚房洗了手，沖掉指尖上殘餘的保險套潤滑液，微笑坐到一臉驚訝看著自己的恩浩身邊，伸手，從粗韌的枝上輕輕一轉便取下成熟的果實，指尖拿捏著施力，儀式一般剝開她這漫長的歲月以來，第一顆荔枝。

果殼綻開的一瞬，她竟有一種，吹熄生日蠟燭的錯覺。

女神自助餐

梅杜莎

螢幕上那幾行字總打不完。

液晶螢幕模擬著白紙黑字，她也努力在信件裡模擬白紙黑字，卻讓信件內容看來更灰更糊。為了讓自己看起來就事論事，不露出任何被欺負的小女兒態，她使用了太多迂迴婉轉假中立的措詞，寫得連自己都口乾舌燥不耐煩。她下意識抿了抿脣，細微的動作拉扯了隱身於脣齒之間的白色傷口，那痛感從傷處一鞭接一鞭抽進腦髓，她得緊緊地閉上眼，才壓得下尖叫的衝動。

打字。刪除。打字打字打字。刪除。梅杜莎擱在桌上的左手支著下顎，右手指尖點在刪除鍵上，盯著螢幕上新郵件的視窗，半晌，又長按了一次刪除鍵。

這回，本來就所剩不多的那些字，全都刪光了。因此希碧猝不及防從她身後湊上來時，新郵件上已經完全清空，只剩一片啞白，梅杜莎運氣算好。

「哎唷，眉頭皺成這樣，是看了什麼髒東西？不是上班在偷看猛男照吧？哈哈哈——」希碧的聲音在她耳邊響起，那太過靠近的侵略感像是另外一鞭，抽得她幾乎要彈起來。還沒來得及睜開眼，按著滑鼠的右手先做了虧心事似的，忙不迭亂滾了一圈，拉出提案簡報，遮蓋正在寫的那封電子郵件。

雖然那電子郵件根本一個字也沒。

「拜託，我才沒笨到在辦公室做這種事，要是被雅典娜抓到，老娘就真的死定了。」梅杜莎不自覺地按按臉，將辦公室用的表情妥貼壓在臉上，語言系統倒是率先進入自動導航模式。「我在檢查下午跟客戶開會的提案啦，免得她進辦公室先飆我一頓。」

「她早上被執行長抓去參加經典廣告賞的開幕會了，今天還進得了辦公室嗎？我猜應該下午就跟你們直接在客戶那裡會合了。」希碧掃了一眼簡報上以性別平等角度切入行銷廚具的提案簡報，無聊地咂咂嘴，懶洋洋收回了眼睛與上半身，姿態也不再那麼具侵略性。「坦白說我覺得這商品不會中啦，以為把廚具做成武士刀大和風就能讓男人想下廚？呵呵，做夢。」

「我也覺得，不過客戶喜歡就好囉，我們盡量啦。」

「不是啊，他們就只是在跟風 #metoo，想說男女平等很流行，趕快來蹭一波，我最討厭這種事了，搞得好像我們女人一天到晚都在哭哭啼啼求關注。上禮拜那個直播的網美不是也跟立委開記者會控訴什麼性侵嗎？拜託，那種整天在直播上賣弄風騷的女人，說她被性侵誰信啊？沒有抓著男人的手往自己胸罩裡塞就不錯了吼——」

不知怎的，這話像抽在梅杜莎嘴裡的一鞭，暗藏在口腔裡的各處傷口齊齊揪疼起來。

「對了，聽說雅典娜要請你們這組聚餐啊？怎麼樣怎麼樣？是不是要在吃大餐時公布人選？」

「吃個飯是要選什麼人？選菜重要多了好嗎。」梅杜莎隨口亂扯，權充拖延。

「當然是貴組的 CD 啊，還用說嗎？就算不是 CD 也是 ACD 吧！總之你們組裡總要有人升上來當頭，她現在升上 ECD*，留下來那個缺當然要有人補上去好嗎？好羨慕你們在雅典娜那組喔，她人漂亮、能力強、人脈廣、業界知名度高，在美國的大公司也有經驗，國內外什麼大大小小的獎都得過，平平是創意部，在你們那組真是比我們這組好上五百倍，出去說是雅典娜帶出來的，根本就像鍍金，好、好、喔——」希碧已經不知道第幾十次重複這個金光閃閃的話題了，彷彿他們之所以號稱創意部「天下第一組」，提案無往不利，只因為大家都愛雅典娜，而與他們自己的努力和實力無關。

尤其是年後人事令下來，雅典娜確定升上創意部最高職位，擔任執行創意總監，成為創意部五個組的共同部門主管。原本領軍的這組則空下了一個主管職懸缺未決，所有人都在猜，設計出身的雅典娜，會提拔同是幹練女性的梅杜莎，還是同為設計背景的……

嘴裡的幾個傷口彷彿響應起義似的此起彼落抽痛起來，打斷了梅杜莎的思

＊廣告公司中的創意部門通常有數個小組，組內由ＣＤ（創意總監）或ＡＣＤ（副創意總監）擔任組長，ＥＣＤ（執行創意總監）則通常為創意部門主管，位階在各組之上。

緒。幸而自動導航系統運作流暢，她得以集中注意力控制自己的顏面神經，避免不慎流露任何不適合這個話題的表情。

「哇靠，管到我們這組誰要當主管，妳人事部？我們這組沒有能直升ＣＤ的人才啦，頂多就是ＡＣＤ吧。」

「ＡＣＤ就是將來準備升ＣＤ的啊，麥假！總之位置先占住再說啦！妳是她女漢子接班人欸，這次再怎麼說，都肯定要升妳的啊。」

「妳不要害我，被雅典娜知道我跟著傳這種話，我會被切雞雞的！」

梅杜莎的自動導航系統隨口引用了雅典娜有名的口頭禪，希碧可樂壞了。

「還說不是她的接班人，切雞雞切得這麼自然是怎樣！」

這是要成為雅典娜接班人的條件之一，至少梅杜莎是這麼想的。要讓自己像雅典娜那樣明快俐落，就得像個男人一樣，隨時生得出一根幻肢雞雞，要切就切，要硬就硬。

雅典娜肯定不會想要一個優柔寡斷、百轉千迴的玻璃心娘炮來接她的位置，可是，自己準備寫的那封信，該死的就完全優柔寡斷百轉千迴玻璃心，絲毫沾不上帥氣瀟灑的邊，超級不女漢子。

想到這裡，梅杜莎嘴裡大概有一千個傷口同時抽痛起來。

「我看波西好像也滿積極在爭取的。」希碧帶著曖昧表情，用下巴指了指梅杜莎斜對面的空位，深怕她不知道自己在講誰。「妳會不會有點擔心啊？雅典娜畢竟是 **art based**，把一樣是 **art** 的波西升起來帶你們這組，好像也不是不可能喔。」

這一鞭抽得比剛才都猛烈，她沒防著，下意識緊緊閉了閉眼。

「這表情是怎麼回事？喔，看來果然有把波西當假想敵喔？」

那個名字從希碧嘴裡滑出來，泥鰍般咻地滑進梅杜莎的針織衫底下，像一隻冰冷的手，貼著她的身體游移，凍傷她每一寸毫無防備的肌膚。

「拜託喔，我光是被雅典娜切掉的雞雞就比他多了，才沒把他當一回事咧。」

她的自動導航系統笑起來，唇齒之間的無數大小傷口和她乾裂的嘴唇一起扯開，在身體裡綿長地尖叫。

完全是希碧期待中的反應，她樂得一邊大笑一邊拍桌子。「妳真的有夠man的，我要是雅典娜絕對升妳啦！」

「希碧，妳現在有空嗎？我交接事項整理得差不多了，我們現在交接一下好不好？」

隔著走道，希碧原本座位對面的芙蘿拉起身對希碧揮揮手，隔著其他組別的同事與螢幕們，芙蘿拉即使裹著厚厚的羊毛罩衫，挺起的大肚子還是清楚可見。聽說已經是隨時可以臨盆的週數了，梅杜莎想到她可能在辦公室裡當場生小孩，就覺得可怕：倒不是因為辦公室可能滿地羊水血漬胎盤的畫面，而是一個孩子竟得出生在這樣一個難以下班又難以喘息，還會發生各種大大小小爛事的地方，這麼出生的孩子，一生該有多坎坷？

「喔好啊，我把手上的東西收個尾，十分鐘以後我們小會議室見。」希碧揚聲和芙蘿拉隔空約好，轉頭便對梅杜莎咬耳朵。「喔——第、五、胎、欸！我的天，妳能想像嗎？這年頭還有這麼會生的人，總統府還是社會局真該發個獎狀給她，而且也該發個獎狀給我，我都幫她代兩次了，她到底幹嘛一直牛小孩？沒事就產假育嬰假，然後一天到晚老大在學校摔倒老二腸病毒老三公托有小孩感冒隔離，各種藉口在請假，怎麼不乾脆辭職在家專心生小孩就好。」

「妳自己是女生怎麼還這樣講？這些假本來就是她的權利啊，而且她每次還不都坐完月子就匆匆忙忙趕回來上班，育嬰假也不敢多請，超怕給妳添麻煩。」說話的是剛回到梅杜莎隔壁座位的提姆，他之前和芙蘿拉同一組，五胎裡前兩胎是他代理芙蘿拉的工作。「而且她婆家就是非要她生個男孩，妳也不是不知道，多體諒人家一下吧。」

「我是女生，她也是女生啊，她懷孕之前有體諒我在適婚年齡忙著約會，沒時間幫她代理業務嗎？什麼時代了，自己不去跟公婆談，要遵守這種重男輕女的規則，那是她的問題吧？我都要幫她代第三次了還不夠體諒她？誰來體諒我啊？她再怎麼怕給人添麻煩，還是添麻煩了耶。我以後就算結婚啊，也絕對不生小孩，這才叫不、添、痲、煩，好嗎？」希碧愈說愈激動，梅杜莎趕忙在自己脣上按了按食指，深怕這些話傳到芙蘿拉耳裡。

結果希碧毫不擔心，興致一來，順道將炮火轉移到其他部門。

「講到權利喔，妳有聽說嗎？那個業務部的海倫，她跑去跟人資的蓋雅媽媽要生理假耶！不是說她月經來所以要請生理假喔，那位小姐是說自己依照勞基法有請生理假的權利，可是她月經來不會痛可以照常上班就都沒有請假，所以現在談離職，竟然要跟蓋雅媽媽算那些生理假，看要換錢還是換補休，丟、臉、死、了！這樣也叫做爭取自己的權利嗎？拜託，就是因為這樣，女生才一直被認為工作能力輸男生的啦，一天到晚權利權利的跑去放全薪假半薪假，我都沒臉去跟人家談什麼同工同酬的了，就這些害群之馬，嘖。」

希碧噘起珊瑚色的水潤朱脣，畫著美麗上揚眼線的白眼，一從天花板拉回來對著梅杜莎，立刻變得柔和。「還是我們梅杜莎跟雅典娜這種女漢子帥氣，妳們是我的偶像。貴組總監這個位置，妳一定要搶贏波西喔，希碧挺妳！」說完便走回自己位置，臨走前還對梅杜莎眨眨眼，比個手指愛心。

不知道是女漢子這個詞，還是波西這個名字，梅杜莎總之感覺自己又被狠狠抽了一鞭，嘴裡的傷口們像一張張小嘴巴，這鞭下去全部無聲地尖叫起來，她閉上眼咬緊牙，不讓這些尖叫化為實體。

當年取了梅杜莎這名字，是為了在職場上表現出不讓鬚眉的剽悍（如同她的偶像雅典娜），結果，該長在頭上那千萬蛇髮末端的小嘴巴，倒是都破在嘴裡了。

「妳還好吧？」提姆在梅杜莎面前揮揮手，他捲到手肘的黑底直紋襯衫袖口上，藍白雙色的立體織紋微微地起毛，與他頭上微亂又夾雜著白髮的自然捲相呼應。

「沒事，只是，昨晚沒睡好，然後又，嘴破。」梅杜莎睜開眼，努力對提姆笑了笑，指指自己的嘴唇。

「哇，嘴破超痛，竟然還沒睡好，不就更慘了。怎麼回事？妳跟波西週末加班拚那個廚具提案太操嗎？」聽見波西這名字，梅杜莎又不禁縮了一下。提姆沒發現，一邊說話一邊在亂七八糟的辦公桌上翻找，從雜物深處挖出一條管身微微凹陷的口內膏。「找到了！這我上次嘴破時我老婆給我帶來公司的，後來就忘記帶回家了，妳先拿去用。」

「噢提姆，你人超好，謝啦。」梅杜莎眼中的提姆簡直發出聖光，不只是因為這條口內膏，也因為提姆是自己所知的人之中，唯一一個申請過留職停薪育嬰假，在家裡帶過孩子的男人。只是，雖然沒有人這麼說過，但梅杜莎卻暗暗有點懷疑，或許也因為那段育嬰假的關係，明明兩人當初是一起升資深文案的，後來卻只有自己先被升上文案指導。

她始終對這件事耿耿於懷，卻不太願意認真想，自己介意的到底是什麼。

「幹嘛這樣看我？這口內膏我是用乾淨棉花棒去沾來擦的，沒有碰過我的口水，妳放心。」提姆趕忙保證。

「沒有擔心你的口水啦哈哈。」梅杜莎笑出來，嘴裡的傷口又因為拉扯而抽痛。她趕緊接過口內膏，再謝了一次，直接離開座位。「超痛的，我立刻擦。」

梅杜莎走向洗手間，忍不住想：也許提姆是個可以信任的人，也許可以和他商量自己不知道怎麼對雅典娜說的那件事，他應該不至於覺得自己是為了爭權虛構出那種事——喔不，提姆是男的耶，她在想什麼？如果連雅典娜都不一定站在她這邊，一個男的怎麼可能……

走向洗手間的路上，中途經過希碧與芙蘿拉交接工作的小會議室，她瞥了一眼，裡頭除了她們兩人，還有正在介紹新人的IT部門主管。

「兩位創意部美女好，這是我們家新人，研究所畢業以後去打工度假兩年回來，超新鮮的小心肝，請大家多多愛用。他主要負責前端，就是補之前離職的人力，以後跟你們業務上合作會比較多，還請各位照顧啊。」

「新鮮肝你好，我是芙蘿拉，目前肚子裡也一塊小心肝，應該快要請產假了，希望我回公司的時候你還在啊。」芙蘿拉笑著說。「哇，你們部門怎麼都是來小鮮肉？超羨慕的。」

「別說了，我們這種臭肥宅部門注定女生比較少啊，哪像妳們那邊都波濤洶湧，風景比較好耶。」

「什麼波濤洶湧啦！哈哈，我覺得都是男生也不錯啊，都是男生比較不會有人請假。」希碧燦笑道。

梅杜莎腳下沒停，快步經過希碧的笑容，也避開芙蘿拉可能會有的表情，直直經過會議室門口，轉進白色文化石砌成的玄關時，她忍不住停下來，望了一眼嵌在石材牆面裡，用濃綠的塑膠植物拼出來的公司英文名稱——她渴望地看著那串英文，感覺自己胸口伸出一隻血淋淋的手，想不顧一切地抓住什麼。

而她又願意為那個什麼，犧牲其他的什麼呢？

一走出擦得晶亮的玻璃門，雖然還在室內的走廊上，但失去辦公室裡空調的保護，幾乎踏出的第一步就冷了起來。她打了個哆嗦，有點後悔只穿著透風的針織衫出來，但想到回頭拿外套得再經過一次希碧與芙蘿拉，便打消了主意。

此時的她，沒有餘力承擔別人的感受。

大樓的洗手間是和同一層樓的其他公司共用的，雖然一直有專人維持，算得上乾淨，但舊大樓裡有些細節難免顯得陳舊，有時候，那發黃的破敗感也不知道是因為真的舊了，還是來自一直為了省錢使用的老式燈管發散出來的無力光線。

這樣的環境，本就算不上令人愉快，更別說恰好碰上現在這樣的隆冬時節，沒有空調護身之外，廁所裡的對外窗就算關緊了也阻止不了冷風灌入，要在這樣的女廁裡遇上塞車，那就加倍讓人不愉快了。

梅杜莎不是去上廁所的，不過還沒走進女廁，就已經看到排出外頭的隊伍，一張一張妝容精緻或斑駁的臉，都堆滿煩躁感，因為寒冷，每個人都臭著臉抱緊了自己。她側身經過隊伍，盡量站在洗手檯的邊角，希望在不干擾其他洗手女伴的情況下擦藥膏，但因為人太多了，水槽與水龍頭的位置又配置不良，洗手檯濕得水流會直接溢出，她無法在不弄濕自己的狀況下靠近鏡面，更別說看清楚唇齒之間那些多得驚人的傷口以便塗藥了。

「哇，這裡人也太多。」

女廁門口探進莉莉絲的頭，滿臉驚嘆地將整條隊伍巡視了一遍。莉莉絲是坐在梅杜莎對面的資深設計，也隸屬於雅典娜的天下第一組，此刻她裹著寬鬆大號黑白色系防風外套，裡頭的黑色厚棉帽T露出帽子，襯得她一頭俐落削薄的橘色刺蝟頭，比女廁裡有氣無力的燈管還亮眼，簡直要把她周邊三公尺內的冷空氣都曬融了，那張臉上線條明晰的輪廓與濃眉大眼薄脣，幾乎讓人覺得小時候看的那些漫畫男主角都是照著莉莉絲畫的。

認識莉莉絲那麼久，梅杜莎仍然每隔一陣子就會看著她那張黑白分明的臉龐慨嘆：為什麼莉莉絲偏偏有女友呢，和提姆聊他的老婆小孩一樣，成天掛在嘴上。憑什麼不管可愛的蕾絲邊還是可愛的直男，都是別人的？都、是！

「要不要考慮一下去旁邊男廁？我剛上完，現在沒人。」

隊伍裡開始有些騷動，顯然這念頭不是沒人想過，只是沒人像莉莉絲那樣大膽。「妳們也在男廁門口排隊的話，男生過來看到就會自動去別層樓的男廁了，每層樓都只塞女廁不塞男廁的，讓他們去樓下上個廁所也沒什麼。快去吧。」

莉莉絲此話一出，湧向男廁的人讓隊伍足足分流了一大半。梅杜莎也走出女廁，想試試看男廁的洗手檯會不會比較方便擦藥，經過時順手拍了拍莉莉絲的肩。

「嘿，妳什麼時候回來的？都拍完了？今天還順利嗎？」

莉莉絲從拍攝現場回來，表示同為視覺設計的波西也回來了。梅杜莎保持微笑，嚥下嘴裡傷口的尖叫聲。

「靠！超不順利！媽的妳知道嗎，他們現場給我用了北部粽！北部粽！北部粽！我太氣了叫我講三百次都可以，北部粽欸！喔！我的天我差點拆了那個景，北部粽！妳能想像嗎？」莉莉絲看到她，像是終於找到一個可以大罵的樹洞。「在假期前拚命加班終於可以回家團圓的孩子，為了省錢搭了夜班客運舟車勞頓等等等等，終於回到家以後，老家的媽媽為他端出來當宵夜的，是他媽的，北！部！粽！靠杯，說好的氣氛咧？氣氛都毀了，我差點以為我們在拍搞笑片好嗎?!」

莉莉絲的語氣實在太活靈活現，別說梅杜莎，通往男廁女廁的兩串隊伍都笑了出來。

「不好意思，我北部人，妳跟我抱怨也沒用的。」梅杜莎故作冷淡地聳聳肩。

「而且我寫腳本的時候，心裡想的還真是北部粽沒錯。」

「什麼？妳雖然是北部人，但我一直以為妳至少是個有良知的北部人欸。」

「喂妳這什麼意思……」梅杜莎話沒說完，這話題已經迅速為現場的不耐煩尿急女性隊伍，開啟某個共通話題。

「欸妳這樣是歧視好嗎？」「而且根本沒有北部粽這種東西，那個叫做竹葉油飯。」「這是要引戰嗎？妳確定要這樣？」「在鏡頭上就一顆粽子，是誰看得出來北部粽南部粽啊？」「見鬼，頂多看得出來那個醬的顏色吧？」「喔說到這個，我說那個醬汁呢？是甜辣醬還是醬油膏？有沒有加花生粉？不會出現香菜吧？」

粽子的話題成功讓女廁進入某種節慶氣氛，彷彿大家排隊不是為了上廁所，而是要向聖誕老人領禮物，或者向爺爺奶奶領壓歲錢。

「我就喊停啊，說這個cut非要南部粽不可，然後大家就跟各位現在一樣吵起來了，我非常堅持這件事，然後說沒人理我我就自己去找，結果真他媽找死我了，這麼大一個城市，要找南部粽是有多為難人？我也沒有要求說要有多好吃耶，就是要有南部粽的樣子而已，很難嗎？」莉莉絲一邊說一邊揮舞雙手，一串尿急粽子們笑得都快憋不住。

「請問一下，那個……」兩個穿著無聊白襯衫的男人走了過來，不確定地看著兩串女生隊伍，猶猶豫豫地開口。

「不好意思喔，我們這層樓要暫時徵收男廁，麻煩到其他層樓上廁所，謝謝合作。」莉莉絲輕快地說。

「喔，不是，我們是在找我們公司同事，我們從二十二樓一路找下來的……」他們一臉誇張的為難表情，力圖展現對這差事的嫌惡與無奈。「不知道妳們有在這裡看到她嗎？她可能，她應該，她好像……在，那個……」

兩個男人結巴著，講的話像在彼此打架，動作倒是有志一同地在自己胸前的空氣抓了兩下。「擠什麼的，給她小孩喝的那個，便當。」

隊伍裡的女性面孔紛紛彼此對看確認情報，剛從女廁洗完手出來的一位年輕女孩指了指女廁裡頭。「可能在最後那間喔，那間一直沒人出來，我剛剛在倒數第二間上廁所，好像有聽到電動集乳器的聲音，好像……還有點哭聲？」

「是啊，剛剛也有人去敲門了，雖然有回敲兩下，但問問題沒人應。」其他人附和。

莉莉絲看了一眼梅杜莎，梅杜莎還沒來得及叫她別管閒事，莉莉絲已經往最裡頭的隔間走去。她敲了敲門，過了好一會兒才有回應，緩慢地回敲了兩聲。

「請問一下，妳還好嗎？」沒有回應。

像認定裡面那個人是自己的責任似的，莉莉絲斜斜倚在門邊那面看起來就很冷的磁磚牆上，開始用一種說床邊故事的語調對裡頭的人說話。起初沒有任何回應，慢慢地，像是什麼開關漸漸鬆開那樣，有極微小的聲音傳出來，有時候是碎碎的哽咽，有時候，是彷彿只想說給自己聽的細語。

「……怎麼擠都只有一點點……都不吃，還過敏，怎麼可能有對媽媽過敏的小孩，怎麼可以……」

「親愛的，妳是在裡面擠母奶嗎？」聽出一點端倪，莉莉絲柔聲問道。她的短短問句裡像是有什麼關鍵字似的，讓裡頭的聲音突然加大，爆發。

「……只有一點點，不管我吃什麼都只有一點點，而且他喝了以後還會吐，是不是因為我都在廁所擠奶，所以擠出來的奶都是臭的他才不喝，所以奶裡面才有細菌，害他一直吐……」那個傷心的母親哭了起來，在場的女性紛紛你一言我一語地勸著，有的提供偏方，有的提供經驗。

「讓她說吧。」莉莉絲悄聲說，女廁的聲音便又再度溫柔地壓低了。

這種天氣，在邊間的廁所脫衣擠乳，還待那麼久，該有多冷？梅杜莎不知道自己能做什麼，只能確認了擠乳媽媽的名字後，回頭讓那兩個男人知道裡面那位確實是他們的同事。

「喔，找到就好。」微禿的那位表情明顯鬆了口氣。「她老公說她有產後憂鬱症，叫我們多照顧她，可是我也不知道怎麼照顧。公司女生也不多，現在剛好都出去吃午餐了，客戶一直又打電話來要跟她確認事情，我們只好出來找。」

「我們都很讓她啊，午餐訂哪一間都給她挑，訂飲料也是，她老公也很好，說她如果不想做隨時可以辭職，實在，我不知道是在憂鬱什麼耶真的……」

「會不會是卡到陰？她產假回來以後換那個位置是不是怪怪的？要不要叫老師來看看？」

「有可能，之前坐那邊的女生也都離職了。就跟她們說不要怕曬黑，要多出去走走曬曬太陽啊，想事情要正面一點啊……」

擠乳媽媽的兩個男同事就這麼站在廁所前聊起來，梅杜莎還來不及說什麼，隊伍中已經有人聽不下去，對他們的言論大表不滿。

「Easy! Easy! 各位小姐是都剛好姨媽來嗎？這小事而已，不用那麼激動好不好……」

「你們男人說不過女人就只會牽拖姨媽嗎？莫名其妙！」此話一出，在場不管姨媽來不來的都動怒了。

同時，廁所邊間裡傳出的悲鳴也愈來愈大聲，幾乎要成為哭吼。「我也不想要老是在廁所擠奶，可是沒有辦法，沒有辦法，我整棟樓的廁所都去過了，沒有一間可以讓人好好擠奶的，是不是這樣才會一直擠不出來？可是擠出來他也不吃，吃了還會拉肚子！還會吐！為什麼……」

「額——感覺好可怕，我真的覺得她這樣很不專業，有什麼事情不能好好講？躲到女廁又不溝通，這樣不能解決問題啊，小孩喝了這樣擠出來的那個，也會長不好吧。」

「哎，人家是女森，就是要多讓讓她嘛。不過我事情都還沒做完，下午還要去拜訪客戶，真的沒時間陪她小姐耗著……」

「你們一點同理心都沒有嗎？產後憂鬱對你們來講就只是不想帶小孩鬧脾氣而已是不是！」

「我可沒說她不想帶小孩，我是說啊，要生就認命一點嘛，又沒有人逼你……」

廁所內外烽煙四起，她默默退出戰場，覺得自己如果和擠乳媽媽同一個公司，不用產後恐怕也會憂鬱。她低頭看看攤開的手掌上軟管微微凹陷的口內膏，天啊好想擦藥，就算不能擦藥，可以至少不要講話嗎？光是靜靜地站在那裡吞嚥唾液，那些傷口就能狠狠折磨她。

男廁裡的洗手檯也是濕淋淋的，她決定回辦公室去，躲進茶水間用粉餅盒裡的小鏡子擦藥。

「妳跑哪裡去了？我找妳找好久。」趁著波西不在位置上，梅杜莎在包裡撈出粉餅盒，想不到在走進茶水間時，冷不防地差點撞上正要走出來的波西。

她的身體反射性地退了一步，不慎踩到正跟在她後面要進茶水間的芙蘿拉，又連忙回頭道歉，確認沒撞上懷胎九月的大肚。一切如此狼狽，她恨死自己在這人面前這麼明顯的驚嚇。

「怎麼了？被我嚇到嗎？」波西略帶驚訝地笑了，伸手要拍梅杜莎的肩膀，她再度反射性地躲開，弄得波西有點尷尬，芙蘿拉也是，就連她都差點要怪自己把氣氛搞得那麼僵。「該不是以為我要對妳幹嘛吧？哈哈。」

芙蘿拉也呵呵地笑了，波西幫她把放在櫥櫃高處的芝麻粉拿下來，芙蘿拉連聲道謝。

「找我什麼事？」梅杜莎的身體僵硬得像整個人剛從冰櫃裡抬出來。

「呃，只是跟妳說，剛才業務部通知下午有個臨時的會要開，會趕在我們去提案廚具前結束。」

「哪個案子？」梅杜莎用字盡可能儉省，免得扯到傷口，會痛。「雅典娜會到嗎？」

「說太臨時了，資料開會時再給，雅典娜嘛——我也不知道。」波西笑了笑，嘴角噙著的招牌草食系笑容，弧度那麼好，那麼無懈可擊，梅杜莎幾乎要懷疑，難道上週六夜裡掙扎著躲開他的嘴唇牙齒舌頭時，她只把自己咬出了無數難以啟齒的傷口，而他絲毫不受影響？

梅杜莎無法直視他，也不知道他為什麼還能笑著與自己對望，就連盯著他那隻握著紫色馬克杯的手，都無法避免重新感覺到那隻多汗濕黏的手從她的胸罩下緣強硬探入，那感覺如此鮮明，彷彿那隻手到現在還冰冷黏膩地貼在她胸罩下。

她下意識縮起脖子，全身僵硬。波西若無其事的表情，擊落了她寫給雅典娜的信裡，那些寫了又刪，刪了又寫，故作冷靜的字句，像是打碎吊在屋簷下的冰柱一樣，一支一支往她身上扎。

「嗯，那我先回去，午休記得不要出去太久喔。」

波西離開茶水間之後，她像是所有的力氣都用在剛才那場對話似的，突然有些站不穩，往後靠在飲水機旁。芙蘿拉連忙扶了扶她，伸來的手既軟且熱，與波西的手截然不同，應該的吧，加上肚裡的孩子，那是兩個人的溫度。

「妳怎麼啦？跟波西吵架了？」

「沒有，我只是……嘴破，一說話就痛。」她多此一舉地掀開嘴唇證明。

「喔我的天，也破太多洞了吧？早跟妳說了，反正也是天天一起加班，不如就跟波西在一起算了，陰陽調和對身體比較好啦，而且這樣他就不會跟妳搶那個位置了，他一看就是疼女朋友那一型，剛剛還提醒妳午休不要太晚回來開會，超溫柔的！」芙蘿拉眉飛色舞地說著，語氣如此誠懇。「女人啊，事業成功雖然很好，但還是有個好歸宿，心裡才真的踏實啊。像我，不管被其他同事背後說什麼，只要想到我有個比他們都美滿的家，就覺得我才是人生勝利組呢……」

她沒有反駁，也無力反駁。在發生那些事以前，在波西平日明顯的殷勤托起的微微虛榮感裡，她確實想像過這些——他們合作無間，一起撐起了雅典娜這一組無往不利的戰績，兩人又都是好看的單身男女，為什麼不呢……

為什麼不呢？梅杜莎恨自己曾經表露出的那些隱約好感與默許，甚至是欲迎還拒的傲嬌，都讓此刻的她沒有立場喊痛。

對著芙蘿拉真誠的勸說，她表情僵硬地拉扯嘴裡的傷口以便微笑，努力讓這話題趕快結束，讓芙蘿拉帶著她剛泡好的養胎芝麻糊離開，她就可以好好地在茶水間裡，趕快給自己嘴裡那些被自己咬出來的傷口上藥。

上了藥，她就終於能夠有個正當理由可以不說話，安心地，痛自己的痛；並且在痛裡，靜靜地琢磨那封不知道該不該寫的，給雅典娜的信。

莉莉絲

會議是臨時安插進來的，為了不影響後續的行程，只能選擇午休剛結束的時間，這時間當然對多數人都很不友善：吃膩公司附近選擇的走不了太遠換口味，習慣午睡的沒辦法睡午覺，想多呼吸一點辦公室外空氣的無法備齊下午存量，或者，像是她剛剛買咖啡時經過仁愛路時，在綠蔭道上看到波西和哭得幾乎喘不過氣來的伊登，他們的午間吵架恐怕吵不了太久就得結束，因為和她同一組的波西也得出席這場會議。

伊登是媒體處的助理，是清秀可愛小女孩的類型，完全是她的菜，不過她沒想到，竟然會和那個波西在一起——話說回來，他們大概一直覺得自己的辦公室戀情隱藏得很好，沒被任何人發現。其實鼻子靈的人一聞就知道了，要嘛就是早上聞見波西身上有伊登護髮乳的香味，表示他們前晚一起過夜了；要嘛是兩人午休時間過後，身上飄著同一個餐廳的氣味，表示他們一起午餐了。

偶爾，她會聞見座位就在自己旁邊的波西身上飄出漂白水的味道。她就會禁止自己猜測這味道的來處。

氣味總是能透露很多祕密，不過只要藏好鼻子靈這個祕密，知道很多祕密這件事，也能是個祕密。

莉莉絲雙手捧起馬克杯，剛從陶瓷保溫瓶裡倒出來的手沖咖啡，熱騰的美妙香氣安撫了她的嗅覺，保護膜般圍裹著她的鼻尖，不讓她被一一走入會議室的眾人身上各種午餐氣味干擾。

午休時間後立刻開會，對她而言，最痛苦的莫過於此——大家身上的吃食味道都還沒散，有的人剛開完上一場會就趕著來這一場，還會帶著便當來會議室吃。

幹這一行難免飲食不正常，她很能理解，因此從來沒對此抱怨什麼。但自己生理上的問題還是得解決，把自己的鼻子塞進蒸騰的咖啡香裡，則是她找到最實際的辦法。後來在公司附近發現一間非常喜歡的手沖咖啡小店，有一款不在菜單上、老闆只對認可的熟客透露的獨門配方混豆「女神原罪」，特別貴，香氣卻又迷人得要命，她一個月允許自己喝一次。

知道今天午休時間後立刻開會，她就知道，本月的這一次奢侈必須在今天了。

莉莉絲是第一個進會議室的，與往常一樣挑了最靠近投影牆的最後一個位置。業務部的瑞奇走進來，帶著濃重的體味拉開主席位置，一屁股坐了下去；隨後進入的愛西絲挑了她斜對角，也就是最靠近主席的位置坐。愛西絲最近用的那款號稱是埃及豔后費洛蒙的泰國品牌香水，濃烈程度讓人相信她絕對是為了避免聞到瑞奇體味才出此狠招。他們兩人四周，別說聞不出午餐吃了什麼，現場若有母獸，恐怕都聞不出自己的小孩。

不過話說回來，這正是業務部AE們的一貫風格，氣味與氣勢一樣，必須一開始就壓倒全場。

「莉莉絲，上禮拜那個燈箱的設計妳要記得改完給我。」瑞奇才剛坐下便開始說話。「記得字和logo都要大，產品圖那麼小一個是要賣什麼？我是覺得啦，花錢請妳做廣告的是客戶，不是市府要妳美化市容，這樣妳有聽懂嗎？廣告這一行啊，就是……」

莉莉絲連睫毛都沒動一下，繼續沉在她的咖啡香裡。「OK好。」

接著進來的是本日愛妻便當是咖哩飯的提姆，他習慣性地選了自己旁邊的位置坐下。然後是顯然剛刷過牙的梅杜莎……莉莉絲察覺到她走向提姆旁邊的座位時猶豫了一下，動作過於緩慢地拉開椅子坐下，不像平時那樣自然地往後靠的肢體語言，明顯地抗拒著那個分明是她最習慣和波西討論事情的位置。

發生什麼事了嗎？是因為瑞奇的體味，還是愛西絲的香水味？

莉莉絲離開咖啡香氣的保護範圍，往後靠在椅背上，好讓自己的視線能避開提姆，不動聲色地觀察梅杜莎，她以一種不自然的僵直姿勢盯著手機，雙手的拇指無聲地在螢幕上打字。

「呵。」梅杜莎對面的愛西絲輕笑一聲。「妳不是號稱女漢子嗎，竟然用無嘴貓的手機殼，還一堆蝴蝶結，最近走貴婦路線嗎？」

梅杜莎沒說話，繼續盯著自己的手機看，讓黑色手機殼上代表Kitty的金色蝴蝶結，眼睛一樣瞪著對面的愛西絲。

「別說我沒有勸妳，這種寶座爭奪戰的關鍵時刻，妳身上還是不要有太多這種賣萌的東西，免得雅典娜……」

話沒說完，波西便一臉愉快地推門進來，幾秒鐘前無論愛西絲說什麼都無動於衷的梅杜莎，瞬間竟然像被電擊似的微微哆嗦了一下，莉莉絲皺起眉——該不會波西身上又出現漂白水味？不對呀，他剛剛分明在綠蔭道和伊登吵架，照說沒時間潑灑漂白水才是。

波西落座的同時，梅杜莎站了起來。

她收起筆電，繞了大半圈，走到瑞奇和愛西絲那一排的最後一個座位，也就是莉莉絲對面的位置坐下。

會議室裡安靜無聲，包括波西，所有人的眼光都跟著她走過去。

「可以跟妳換位置嗎？」莉莉絲手機裡收到梅杜莎的訊息。

她抬起頭瞄了一眼梅杜莎，考慮著該先問什麼問題，也許什麼問題都不該問。她對梅杜莎投射過來的求救眼神點點頭，起身，梅杜莎也站起來，兩人的身影輪廓在投影牆上的藍光裡交錯。經過彼此時，莉莉絲聞見她身上牙膏的薄荷味與漱口水的柑橘香精像交纏的繩索，在她臉上頸間編成靜默的網，口罩一樣包覆了她。

她和梅杜莎換了位置，坐定後抬起頭來，波西企圖閃過提姆探看梅杜莎的視線落在她眼底，心中有什麼一閃而過。

「咳咳，大風吹玩得差不多了吧？」瑞奇豎起厚厚一疊資料，在桌板上敲了敲，作整理狀。「總而言之，今天啊，會議由我主持，雅典娜她有些事，應該趕不及回來開會，不過這案子是由我這裡負責的，愛西絲會協助，很期待你們沒有雅典娜的時候是不是還會表現得那麼好啊。」瑞奇笑彎眼睛，拍拍右手邊的波西，波西回以靦腆得恰到好處的微笑。「我是覺得啦，這次案子雖然預算不多，不過一來是給你們新官上任ECD一點面子，畢竟是她介紹進來的客戶；一來這是我們公司第一次接政治人物的形象廣告，做得好的話說不定以後會帶來其他金主，大家還是多用點心。愛西絲，妳先簡介一下。」

愛西絲甩甩頭髮，埃及豔后費洛蒙再度噴發，同時將早已準備好的資料投影出來，開始介紹本次來自梁姓立委辦公室的廣告委託。梁委員以婦女運動起家，立院裡的性別議題、婦幼相關法案，她無役不與，不是主提案人，就是連署人之一，不過由於前些日子在性侵女童的案件中發言失當，在網路上遭到圍剿，甚至有人寄惡意包裹與恐嚇信到立委辦公室去，相關輿論也開始轉向，梁委員擔心會延燒到正在立院處理的幾個重要法案，希望以形象廣告的方式，扭轉不利的局勢，因此委託好友雅典娜幫忙操刀。

愛西絲簡介完畢，瑞奇提議先讓創意部提出幾個經營方向，過幾天到委員辦公室提案。莉莉絲與坐在對面的梅杜莎和提姆面面相覷，交換了幾個困惑的眼神：AE報告完沒有準備時間就隨意發想，這不是他們這組慣常的腦力激盪模式，不過，波西倒像是本來就準備好似的，自然地提出意見。

「我稍微研究了一下這位立委，發現最近的不滿很多都不是針對單一事件，而是因為梁委員長期累積的形象都和婦女權益有關，讓某些網友認為梁委員在強調女權的同時，也在進行打壓男性的隱性暴力，只挑對女性、甚至同性戀有利的法案，而不顧男性權益；還有網路鄉民封她為自助餐店老闆娘，諷刺委員推動的修法都是女權自助餐，是一種逆向性別歧視。長期積累的不滿情緒，在這次的性侵女童案中找到出口，一起爆發。」

波西一邊說，一邊在牆上投影出他蒐集到的網路發言截圖，無論是數量或用語，都令人嘆為觀止。「我想委員應該已經有基本盤支持者了，所以這次的TA應該不是那些人，而是對委員較無感、甚至反感的這些群眾，這麼一來，我建議主軸關鍵字抓女漢子這個概念，讓偏向中性、清新健康、開朗好相處的形象，去抹除對梁委員的不良印象。」

投影壁上開始出現女明星的形象照與她們的暱稱：豔光四射的范爺、甜美清新的大發、窈窕火辣的龍哥，緊接著是一些形象示意圖。

莉莉絲對於演藝圈沒有太多認識，波西投影出來的這些資料照片，倒很符合她平時的觀察：女漢子這個標籤多少帶了點「產地直送」或「無毒有機」之類的廣告意味，有點類似政客會往自己身上貼庶民、素人的標籤，打造出憨厚不善言詞的形象，以便讓其他政敵無論說什麼都顯得城府甚深，女性則能藉此強調「我才不是那種嬌滴滴的心機女」，以便切割「玻璃心、愛八卦、耍心機、重視外表」這些負面的女性刻板印象，做出市場區隔，強化商品競爭力——何為市場、誰是買家，則不言而喻。

然而，生而為一個女人，擁有女性特質，真的那麼可恥嗎？

好笑的是，像自己這樣並不女性化的蕾絲邊，照說是比誰都更有資格把這標籤貼在身上的，但事實並非如此，她接收到的稱號多半是帶貶意的「男人婆」、「陰陽人」，也就是說，這個標籤擷取的是刻板印象中的女性化身體與男性化心智，並且自動過濾了負面特質——要說自助餐，恐怕沒有比女漢子這三個字更自助餐的了。

男人被發現有點陰柔氣就會被叫做娘炮，女人要讓自己更討人喜歡就得當個女漢子。有趣。

「這些示意圖……你是要拍衛生棉廣告？」莉莉絲將椅子往後滑，以便和投影牆上穿著白色緊身褲在綠草如茵的山丘上奔跑的馬尾女孩拉開距離，好讓自己看得更清楚些。「這個叫女漢子？」

「這只是，示意圖。當然可以再調整。」波西清清喉嚨。「我們主要是希望挽回TA對委員的好感，據了解，這樣清新健康的形象，在我們的TA群中是最受歡迎的女性……」

「所以我們的TA最喜歡生理期穿著白色緊身褲在草原上奔跑的女生？」
「這不是衛生棉廣告！我說了這只是示意……」
「莉莉絲啊，」她聽得出瑞奇想表現出主席的溫和威嚴。「讓波西講完再插嘴好嗎？」
等他講完再說話，那就不叫插嘴了。莉莉絲聳肩，做了一個請繼續的手勢。
「謝啦。」波西對瑞奇丟了一個眼神。「我們當然也會希望這系列廣告可以展現多元性，所以除了生理期的女生，還會有非生理期的女生，如果還不夠政治正確，加進懷孕中的女生也可以喔，還要再更政治正確一點的話，女同志也可以放進來，我沒意見。」
莉莉絲正面接下波西的回擊，眨眨眼，在自己嘴上做出拉拉鍊的手勢，表示自己不會插嘴。
會抓著「太政治正確」攻擊的對手，通常已經沒有其他招數，打回去也沒有意思。

「沒有雅典娜的腦力激盪會議，想不到還是這麼精彩，天下第一組真是名不虛傳，很有看頭啊！」瑞奇愉快地搓搓手，瞬間散發的體味又更重了一些。莉莉絲低下頭，再度將臉埋到馬克杯中已經開始涼掉的咖啡香氣裡，有時候她真討厭自己鼻子這麼靈。

「不過波西啊，你還是別對莉莉絲下手太重，免得傷了和氣。」瑞奇顯然不知道創意部的會議都是這樣的，在事前的腦力激盪中敢於撞擊所有盲點，才能避免絕大多數廣告出去後的負面效果。「畢竟莉莉絲又是女生又是同志，有雙重政治正確護體，我看啊，只差一個黑人身分，大概就可以保送執行長的位置了，你可小心點，哈哈哈。」

這人還真適合做負面行銷。

「我有四分之一原住民血統，照你的標準可能不夠政治正確，保送不了執行長，不過想拿下業務部總監搞不好還行？」莉莉絲講完才覺得自己過頭了，但女友總說她的嘴巴舌頭是高度自治的特別行政區，跟本人的理智（假設有這種東西）是一國兩制狀態，很難管。

沒了雅典娜坐鎮壓場，瑞奇被堵得一時間張口結舌，氣氛凝結了五秒鐘後才回過神來，趕緊轉移目標。「梅杜莎呢？妳跟波西都是下任寶座的熱門人選，趕快來點什麼驚天動地的創意跟他尬一下啊。」

拜託，波西顯然是早就得到消息，才可能事先準備資料，其他人才剛聽說了這次的案子，沒有頭緒再正常不過了，要是雅典娜在，才不會讓這種事情發生。

梅杜莎沒說話，不僅沒說話，還照樣拿後腦勺對著瑞奇，逕自盯著投影牆上歡樂奔跑的馬尾女孩，彷彿突然找到了失散已久的親妹妹。

「梅杜莎？」瑞奇語氣有點變化，雖然還力持笑意。「我聽說妳點子很多啊？我是覺得啦，雖然波西的意見不錯，不過也是需要正常女生的看法，妳要不要讓我見識一下啊？」

仍然只有沉默。

「那個……」提姆抓抓頭。他的體貼讓自己總是最忍受不了尷尬，或許那也是雅典娜將他安排在這組的原因。「梅杜莎身體有點不舒服，可能不方便說話。」

「都還沒決定將來誰要當家，就已經有人選邊站當發言人了，啊？」瑞奇笑笑。「我看梅杜莎沒啥問題啊，哪裡不舒服？姨媽來了？」

莉莉絲情不自禁翻了個白眼，差點連眼部肌肉都要地方自治了。

「她早上跟我借了口內膏，好像嘴破了好幾個地方，很嚴重，那個藥擦上去就不太方便開口說話了，我想應該是這樣。」

「嘴破？聽起來還好吧。」瑞奇說。「我是覺得啦，上次那個誰，不是前一天割完包皮都還是來上班了嗎？」

瑞奇、波西和愛西絲一同爆出大笑。或許是太多人同時張大嘴巴的緣故，會議室裡的氣味變得更難忍受了。

莉莉絲低頭看了一眼自己的馬克杯，防護罩已經涼掉了，雖然喝起來還是好喝的，但已經失去足以保護自己敏感鼻腔的功能。

「她嘴破就讓她休息吧，我倒是有個想法。」莉莉絲打斷他們的笑聲。「很久以前我在某個專訪上看過，梁委員會開始投身婦女運動，是因為一個很關鍵的事件：在她年輕時，有一次在火車上碰到性騷擾，當時沒有人出手相助，卻是一個歐巴桑很巧妙地救了她，巧妙到連她自己當時都沒有意識到她被幫助了。」

會議室裡一片寂靜，唯一的變化是，莉莉絲注意到梅杜莎正慢慢轉過頭來，將視線從投影裡燦笑的緊身褲女孩，轉到她的臉上。

「那篇專訪沒有把這個事件講得很詳細，不過我覺得可以去訪問一下委員，用這個真實故事當作主軸來發展系列廣告。」

會議桌像結冰了似的。天氣雖然冷，但不至於冷得讓大家失去說話能力吧？

「我覺得滿好的。」提姆永遠是打破尷尬的那一個。「這故事有種回到初心的感覺，一方面連結到委員本人，一方面也是大家熟悉的委員問政路線。」

再度回到一片沉默。

「呃，莉莉絲，我想妳可能沒搞清楚，傳統上，政治人物的廣告通常是看板、燈箱、DM、面紙包或者扇子上的平面廣告為主，妳這個故事感覺很長，不太可能寫成文案，大概得拍成影片比較適合，這樣一來預算就差很多了。」瑞奇一邊說一邊翻著手上厚厚一疊不知道跟這案子到底有沒有相關的資料。「我是覺得啦，我們盡量朝傳統政治廣告的路線發想……」

「梁委員如果很傳統，她就不會因為提倡女權被討厭，也不會因為沒有跟著喊處死兇手，反而因為倡導性平教育被輿論攻擊了吧？」莉莉絲知道自己這些話說出來，又要讓空氣結冰了，但有什麼辦法呢？她的舌頭根本獨立了啊。「剛才不是說要先搜集幾個方向嗎？我覺得不妨列入，然後看委員辦公室覺得怎麼樣。」

沉默如冰，就在莉莉絲覺得可以把雪橇拿出來試用的時候，會議室的門突然大開，一身雪白大氅的雅典娜，隨她闖入的冰冷空氣與剛從雪杉森林走出來似的香水氣息，使得會議室裡幾乎讓莉莉絲窒息的悶滯氣味煥然一新。

「嗨，不好意思我來晚了。」

雅典娜左右看看，發現梅杜莎不在波西與提姆之間的位置上，而莉莉絲也在慣常的位置對面，用困惑與有趣各半的表情偏了偏頭。「今天這案子特別傷腦筋嗎？大家都換了個角度思考呢。」

「第一次做政治廣告難免啦，還好波西提出了很不錯的意見，總而言之啊，這種太重視女權反而搞得陰盛陽衰的立委啊，還是得要有點男性觀點來平衡一下，是吧，啊？」

莉莉絲打了個呵欠。

陰盛陽衰，這種隨手捻來都不用思考的老祖宗式成語。在莉莉絲看來，不僅無用，最糟糕的是無聊。

「喔——這麼棒？所以，你們拿出什麼治療陽萎的祕方了？」

莉莉絲呵欠打到一半，噗地笑出來，趕緊拿起馬克杯假裝喝她涼掉的咖啡。

在大家憋笑與暗自咬牙的同時，雅典娜微笑坐進波西與提姆之間空著的那個位置，瞄了一眼還停留在燦笑緊身褲女孩草原奔跑的投影牆。「欸？我以為你們在討論委員的案子？結果是衛生棉嗎？」

波西的臉色很差。「不是，那是，我們以反對委員的群眾為TA，用希望能第一眼就獲得他們認同的角度，發想了女漢子形象的訴求……」

「女漢子啊……你再給我看幾張其他的圖。」雅典娜望著投影牆沉吟許久。「好像有點乾，女漢子這個詞雖然很常見，似乎也滿好用的，不過其實面貌很模糊，視覺上應該不容易讓人一眼就準確聯想，也和梁委員本人不搭？你覺得呢？」

波西抿了抿脣，喝了口水。「我是覺得，現在不管男女，對這個形象的接受度都滿高的，對委員肯定是加分。」

「我也常聽人家這樣說我，但這形象具體來說到底是怎樣？」雅典娜笑著說。「我想說我平常妝也沒少化、指甲油也沒少擦，到底哪裡漢子了，哈哈。」

「妳不是一天到晚叫人家切雞雞發誓嗎？還有事業成功，決策很果斷，不管男女都很服妳，我想是因為這樣的關係，所以大家都覺得妳很帥吧。」愛西絲輕聲說，有點心虛地，眼神避開瑞奇。

「喔，是這樣呀？害我想好久，還以為在國外待久了都聽不懂年輕人的用詞哩。」雅典娜雙手一拍，笑了起來。「不是啊，愛開黃腔、事業成功、個性乾脆，這個是我自己的特質，跟漢子無關啊，這樣其他不愛開黃腔的好男人不是很冤嗎？」說完，還爽朗地拍拍提姆的肩膀。

「但這是目前我們的ＴＡ接受度最高的形象……」

「還有其他提案嗎？」雅典娜微笑著，一一看過波西、莉莉絲、提姆和梅杜莎。「我說啊，梅杜莎，妳坐那麼遠幹嘛？」

「她嘴破，擦藥了所以不方便說話。」提姆好像覺得把口內膏借給梅杜莎後，梅杜莎不能說話就變成他的責任了，趕緊出面澄清，管不上這回答文不對題。

「喔——我懂我懂，嘴破表面上看不出來，但真的有夠痛苦。這樣吧，我們待會還要出門提案，這個案子大家先了解就好，回頭再用群組討論。」坐在主席位上的是瑞奇，卻不知怎的一直找不到機會說話，掌控權全在雅典娜手上。「剛開始難免沒想法，我們先回去多搜集點資料再……」

「還有！」波西彷彿隱忍許久，從牙齒間迸出這麼個句子，打斷了雅典娜。「之前，梁委員在專訪中有透露，她年輕時遇到性騷擾，這個事件讓她開始關心婦女權益，如果用那個故事來延伸……」

「哇喔——我知道那個，她以前跟我講過！你居然也知道？在哪裡的專訪上看到的？這個主意比剛剛那個好多了耶，厲害厲害，那這次我先把上回叫你切掉的雞雞還給你，以示嘉獎。」雅典娜再次雙手擊掌，眼裡一片讚許。「這個想法很不錯，我猜她自己也沒想到可以從這故事出發，很好啊，這個稍微發展一下先放在簡報裡，到時提案她肯定會嚇一跳。」

莉莉絲覺得自己笑得嘴角都快彎到耳邊。瞧瞧波西拚命把視線繞過她的尷尬表情，瞧瞧其他人小心翼翼觀察她臉色的模樣，這案子未免太有趣。

回到位置上，莉莉絲打開電腦，「天下第一組」的群組訊息欄低調地閃著微光，雅典娜丟來週五預定與組員聚餐的時間地點，順道確認出席人數。那是城裡最好最昂貴的西式自助餐廳，位於指標建築的頂樓，無論夜景、餐點或是價位，據說都是一流的。

莉莉絲想了想，琢磨著這陣子私下接的外快忙不忙得過來——剛退伍的弟弟就要去美國念書了，讀的還是學費全美第二貴的私立學校，爸媽和自己的存款加起來，恐怕都像倒在火山口的一杯水，還沒沾到邊就噗一聲化做水蒸氣了。因此最近拚命接案，熬夜做圖完稿，希望能讓爸媽完成兒子出國留學光耀門楣的心願。

雖然和成天抬頭不見低頭見，經常假日加班也得見的同事聚餐，向來讓人提不起勁，但她一直很喜歡雅典娜，照說，吃一頓飯慶祝她升職，倒也無妨。可是，下週有五個死線在等著她，所有的下班時間，她都該燃燒在那所太平洋彼岸、自己從沒見過的校園上才是——

「欸欸你們看到剛剛的新聞了嗎？」心裡正拉鋸著，希碧砲彈般衝到提姆與梅杜莎身後，爆開一陣嚷嚷，像個旋轉的香檳瓶，帶著泡沫的低酒精度黃色液體往四面八方噴射消息。「你們剛剛在開會，肯定還不知道，上禮拜爆出來那個性侵案，媽的到最後根本是騙、人、的，從頭到尾就是價、錢、談、不、攏！我就說吧！」

莉莉絲心涼了半截，上週陪著受害者出來開記者會揭露性侵事件的人，正是會議上討論的梁委員。

「不會吧？我們才剛接了那個立委的案子耶，這樣是要怎麼救？」提姆剛回到位置上，還來不及坐下就連忙敲起鍵盤搜尋消息。

「真假？未免也太衰了，根本被颱風尾掃到啊——」希碧的聲量讓這消息燎原大火般迅速延燒，半個辦公室的人都站了起來與四周同事討論這件事，另外半個辦公室的人，則忙著搜尋這則新聞。

「那時候開記者會還一副可憐兮兮的樣子，我本來也以為那個議員出了名會家暴又愛上酒店，所以這性侵案八成是真的，結果那議員聽說今天因為壓力太大自殺了，說要以死來證明自己的清白，天啊我要是他，碰上這種跳黃河也洗不清的事，肯定也會想死！」

「敲詐不成就告性侵，明明是破麻，還裝得一副清純聖女的樣子，嘔——就是一個字，噁心！」

莉莉絲隨手點了幾則新聞，沒看到想要的重點，連忙站起來直接問希碧。「所以性侵誣告這件事，有確認了嗎？」

「真的啊，委員剛剛去醫院探視被救起來的議員，記者堵到她時本來還不肯鬆口，結果咧同一時間，那個女的在外面自己開記者會坦承說謊，委員還要記者跟她說才知道耶！這委員根本太傻太天真，完全是被陰慘了。」

「靠！這下死定了，輿論一定火山大爆發，性侵這種事一造假，全部女生就要一起進火葬場了啦幹……」她的哀嚎才到一半，便察覺梅杜莎臉色發白，在自己桌前垂著頭，緊握雙手的模樣，似乎並非僅是嘴破。

「梅杜莎，妳還好嗎？」

「妳要不要請個假去看牙醫啊？」提姆建議。「聽說牙醫師幫病人擦的嘴破藥都超有效的。」

梅杜莎點點頭，保持垂著頭、不和任何人視線交會的姿勢，胡亂抓了手機錢包，匆促起身，閃過身後正和其他同事大罵母豬婊子的希碧。「莉莉絲，有人問起就幫我說一下，我回來再請假。」

「好，但是……」莉莉絲來不及對梅杜莎抬起頭那一瞬眼裡的海嘯說什麼，她已經抓起掛在椅背上的外套，往門外衝了出去。

「哎哎，梅杜莎妳湯瑪士小火車嗎？是急著要去哪……」

和梅杜莎錯身而過的，是媒體處的黛安娜，她髮尾的保養油香味和女友用的一樣。「梅杜莎是怎麼了？」

莉莉絲聳聳肩。

「對了，你們有看到我們家的伊登嗎？她從午休以後就一直不見人影耶。」

「伊登？」莉莉絲腦中閃現中午買咖啡時看到的一幕，忍不住轉身，視線投向剛泡好一杯咖啡回到座位上的波西。

「看我幹嘛？我怎麼會知道？」波西端起紫色馬克杯，飲了一口熱騰騰飄著奶精甜香的即溶咖啡。「我剛剛不都在跟你們開會嗎？」

雅典娜

在客戶的辦公室簡報完，已經超過下班時間了，雅典娜和波西與提姆一起走出大樓時，冬日天色已經全黑，氣溫也更低了，滿街鴨絨黃的路燈倒是僅有的暖意。

「今天表現不錯，謝謝提姆臨時代替梅杜莎來這一趟，辛苦了。」她在高樓間穿梭的寒風中拉緊大衣。「對了，梅杜莎真的沒事吧？最近有發生什麼我不知道的事嗎？」

「沒有啊。」波西聳聳肩，偏著頭露出推敲的表情。「會不會是工作壓力太大？我也覺得她最近有點情緒化。」

「是嗎？」梅杜莎的壓力來源會是升職的競爭感嗎？雅典娜尋思著波西的話，信步走到路旁美化市容的植栽邊坐下，在波西與提姆面前脫下高跟鞋，換上包裡捲起來的平底鞋。「你們就不用回辦公室了，直接下班吧，明天記得提醒我幫你們簽外出單。」

「太好了。」提姆的眼睛也像路燈一樣點亮了。「現在回去說不定還來得及陪老婆吃晚餐。」

「那ECD妳要回辦公室嗎？我可以……」

「不用叫我ECD啦，還是叫雅典娜就好，也不用陪我回辦公室，就在附近而已，我只是很想把莉莉絲今天帶回來那個粽子吃掉。」雅典娜微笑揮手，把兩個下屬趕回家。

提姆和波西都離開後，她靜靜地走回公司。客戶所在的位置離公司不遠，都在首都的蛋黃區裡，這裡每一步都響著收銀機的聲音，該是寸土寸金的地方，人行道倒是頗有闊氣的餘裕，和她移民前住的那種路邊占滿機車的老街區大不相同。

不時呼嘯的陣風將刺骨寒意颳透街廓，截然不同於路邊仍留著年節的大紅暖橘飾品，走在路上的年輕女孩也是，緊緊壓著短裙的百摺裙擺，嬌嗔喊著男伴來幫忙擋風的聲線，如同春日原野上的母獸啼鳴。

她掃了一眼那些比起寒風更怕寂寞的胸與腿，略略抬起下顎，一雙穿著合身九分老爺褲的雙腿，有意識地在這片萬紫千紅裡走得更直更挺。

回公司的路上經過城裡最高的指標建築，在高樓下抬起頭，反倒不容易看見全城幾乎到處都看得到的塔樓尖頂。由於升職，早上執行長參加經典廣告賞的開幕時特意帶上她，會後主辦單位大手筆邀請了出席貴賓到頂樓的高級 buffet 午餐，那裡的菜色確實多樣化、高檔、新鮮又美味，但或許是一起吃的人不對，雅典娜一頓飯吃得意興闌珊。

取用海鮮燉飯時，旁邊等著取餐的人嫌她「破壞了燉飯整體感，讓燉飯看起來不好吃」；她取了提拉米蘇，被淡淡地抱怨「都快被拿光了，為什麼不等補上了再拿呢？不然先吃別的甜點也可以啊，這樣要是有人空檔的時候來就吃不到了」；一杯一杯綴著可愛薄荷葉的櫻桃果泥雪酪，她耐著性子等補齊了才拿，也有人說，哎呀怎麼就拿新補上的呢？這樣上一批的都沒人吃，融了多可惜。

這頓飯實在吃得難受，但氣氛與菜色又確實好，她腦子一熱，就砸了訂金訂下週五晚上的熱門時段，決定帶這一年多來同甘共苦的組員們來這裡聚餐，一方面權充對天下第一組創意總監這個位置的告別，一方面是感謝大家的齊心努力。

戰友是很重要的，在作戰的時候，必須背靠著背，槍口一致對外，要是稍微懷疑彼此可能在自己沒有防備時拿刀捅過來或者順手摸個屁股，那戰友的陣線就難以成立——梅杜莎兼具大將之風與企劃協作能力、波西幾乎是全風格的設計才華、莉莉絲擅於跳脫框架、提姆總是能突破盲點逮到bug，雅典娜深感自己的幸運，竟能在闊別臺灣職場多年後，一回來就能擁有這麼優秀的團隊。

不過，這也讓雅典娜更難決定下一個領導團隊的人選，尤其是兩人關係介於同事、夥伴、競爭對手、友達以上戀人未滿這多重角色間的波西與梅杜莎。

和自己一樣是設計出身的波西，才華與資歷都相當突出，當然是安全不出錯的人選，尤其她可以強烈感覺到，業務部非常希望在「陰盛陽衰」的公司裡多一個男性領導者，讓波西遞補這個主管職，或許也可以充作自己升職的平衡手段；另一方面，她知道在公司流傳的耳語中，梅杜莎才是她的心中首選——當然了，她對梅杜莎確實有種彷彿見到當年自己的複雜感受，除了出手的文案都頗具質感，工作產出穩定、決斷反應快、懂得體貼團隊，都是她重視的特質，只是，即使是現在這個時代，她仍然不確定，讓一個女性升上高位，讓她去承受男性所能承受以及男性不需承受的那些壓力，究竟是殘忍還是善意。

「目前梁默聆立委辦公室已經對外發表聲明稿，對今天下午跳河自殺的林清風議員道歉，但是委員本人僅在探視議員時露臉，道歉聲明後至今依然沒有出面……」

經過戶外LED電視牆，下午從性侵演變成誣告的那樁案子，最新發展仍然在新聞台的輪播裡沸騰著，只是站在路旁看著，都覺得自己被濺起的油花燙傷了。

「大家好，我是梁默聆，就是林默娘倒過來那個梁默聆，大家可以叫我媽祖就好。」雅典娜還記得，當年社團迎新時，她簡短的自我介紹立刻在每個人心裡留下印象，此刻新聞裡重複播放的，她前往醫院探視自殺議員時閃避記者鏡頭的畫面裡，找不到當時那個自稱媽祖的古怪女孩帶點調皮的自信。

是不是該個打電話給默聆呢？不過她現在應該正忙著吧，而且那臭脾氣說不定還覺得自己在同情她……不過，如果先發制人，電話接通後搶著埋怨自己的組員都不賞光，一個推說家庭日一個說要趕案子一個竟然拿嘴破當藉口，總之四個裡有三個婉拒了聚餐，看在已經付了高額訂金的分上，拜託她週五晚上一起去吃buffet，應該就可以了，吧。

不對。雅典娜差點忘記。網路上都把默聆給叫成自助餐店老闆娘了，約她去吃buffet說不定會惹來一頓大白眼。

手機響起黛安娜克瑞兒的歌聲，那是她最喜歡的歌手，在手機裡專屬於她最愛的人的鈴聲，她連忙接起來，是美國來的電話。「嗨，寶貝。」

「媽！咪！」女兒在電話那頭氣呼呼地抱怨她爸爸因為她「太早回家」而下了禁足令，電話那頭一陣亂七八糟的爭辯之後，才知道女兒是「凌晨三點」回家。

「你們不能因為我太早回家懲罰我！妳快跟爹地說他不可以這樣！我週末有個派對，全部的人都會去，他必須讓我去！」

在美國時還不覺得，回臺灣後特別覺得女兒說起中文來根本是翻譯體，而且是翻得不好的那種。雖然這事除了自己沒有人能怪罪。

最後是女兒抱怨爸爸，爸爸抱怨外面那些臭男生的輪番攻擊之後，掛上了電話。雅典娜笑得很開心，雖然確實對女兒這麼冷的天還那麼晚回家這件事有點意見，不過，有前夫在女兒身邊，她知道不會有事，前夫是一個很棒的爸爸。

雖然，當年和前夫是從一次不合意性交開始的。

這回事，或這個詞，她是在很久很久以後才知道的，婚也結了孩子也生了，才知道原來合法不見得就合意。那時的狀況微妙地介於犯法與不犯法之間，或者該說，犯不犯法這回事得由她的說法決定——但她當時真的不知道這其中講究的時效性與諸多眉角，甚至有點鴕鳥心態地因此而「好像也不是不行」地跟前夫交往了，最後還莫名其妙結了婚、為了前夫移民的計畫而遠渡重洋到美國另尋工作。

不合意性交這事，雅典娜沒跟任何人說過。她至今仍不能確定那個晚上的酒酣耳熱裡，自己的拒絕究竟夠不夠強硬、要到什麼地步才算強硬；也說不清那晚若真有不合意，那麼自己後來這樣循著正常路線的交往結婚生子移民，到底都算什麼。

她不愛前夫嗎？愛的，至少是愛過的，但……只是一開始不太符合正常交往程序而已，這樣不行嗎……或者該問，這樣可以嗎？

身為一個好像應該作為女性表率的成功職業婦女，她連該問自己哪個問題都不確定。

雖然多年後仍然離婚了，但她必須說，前夫一直都是個好丈夫與好父親，最後甚至是自己辜負了他。前夫不是壞人，或者說，即使壞也不是最壞的。她在美國的職場上，動輒因為種族或性別，或兩者兼備的歧視而吃的虧，可從來沒少過，那些明擺著吃豆腐、想潛規則妳、甚至表情比妳還誇張地舉著雙手嚷著被誣衊、我只是表達善意的賤人，怎麼說都沒有資格和自己的前夫關在同一個牢房裡。

當然，牢房什麼的，只是個比喻。無論在臺灣或美國，她從來沒有告發過任何一樁發生在自己身上的種族或性別事件，當然也不會有任何人因此入獄或受罰。雅典娜對此向來非常驕傲——她討厭受害者這個標籤，無法忍受自己站在那個位置上，身兼非白種人與非男性這兩種角色，本身已經足以招來各式各樣的麻煩與問題了，若是還堂而皇之站上受害者的位置哭哭啼啼，坐實那個弱者的懷疑，簡直不可原諒。

只是偶爾，很偶爾的時候，看著前夫氣急敗壞地告誡女兒「天底下的男人都一個樣」，雅典娜腦中會閃過她曾經試圖抵抗、但可能抵抗得不夠持久不夠明確不夠什麼的，那個晚上。

距離公司所在一個路口外，她看見大樓門口停了一輛車頂閃著紅光的救護車，四周圍著一些人。她的心跳踉蹌了一下，連忙拿起手機確認有沒有任何來自公司的消息。

沒有。

紅燈轉綠，雅典娜奔過斑馬線，一樓大門口急匆匆往外頭送出一個擔架，救護人員正拚命搶救著，因為混亂與人群，她沒來得及看清那張被散亂髮絲掩蓋的女性輪廓，是不是自己認識的臉孔。

「天啊還活著嗎？」「怎麼看起來已經不行了……」

雅典娜抓住跟著救護人員出來的大樓管理員。「發生什麼事了？那是哪個公司的員工？」

「啊……那個……那是二十二樓建材公司的，好像是產後憂鬱，在女廁用電動擠奶器的電線自殺了……」大樓管理員像是還沒回過神來，表情迷茫地，對每個上前詢問狀況的人，重複著一樣的話。

還好，還好不是同事。雅典娜鬆了口氣，神情複雜地看著擔架上了救護車，腦子裡模糊又混亂地想著，電動集乳器的電線也能自殺嗎？那是什麼樣的求死意志？

在美國剛生下女兒的那段日子，幾度也想過是不是得了產後憂鬱症。但不會的，她不是那種人，只是一時不適應又要工作又要奶孩子的生活，撐過去就好了。她也確實撐了過來，產後憂鬱什麼的，就跟性侵害性騷擾或者歧視一樣，不說出來，就沒那回事。

救護車的尖銳警報，像是決心把全城的人都從他們安適的椅子上震下來，充滿憤怒與不甘似的，企圖搖碎幾乎要凍成固體的夜色。顏色、光亮、聲音，全都互相撞擊，搖得雅典娜一陣暈眩。

高樓下颳得特別狠辣的嚴冬寒風，冰刃一般割過雅典娜的臉頰。她怔怔地看著那令人心慌的紅色警示燈，在幾個下班時間車多導致的滯塞停頓後，順利消失在視野盡頭。警報聲好像已經沒了，又好像還在，幻聽一般在她耳裡繼續迴旋。

叮。

手機裡微弱而不確定的電子郵件提示音，險些淹沒在雅典娜的幻聽裡。她如夢初醒地望著手機上收到新信件的訊號，點開手機螢幕的同時，還有些昏昏然地轉身走進大樓。但，也許是因為訊號不佳，也許是因為她還沒回過神來的關係，一直到走進電梯前，雅典娜都還沒看見，來自梅杜莎的那封信。

火車做夢

這班花蓮往臺北的快車上，她左右臂各彎了一個提袋，左肩疊了兩個包的背帶，右耳與右肩挾持人質般夾著行動電話，用一種身上扛著幾十條人命的女武神之姿，義無反顧地疾步往花蓮，也就是車尾的方向而去。宏觀看來，那奔向來處的徒勞，幾乎有種神話般的美感。

「喂？喂？講話啊喂……聽得到嗎？喂喂？搞什麼這電話一點用也沒有，喂？喂？有沒有聽到……啊我平常每個月付你二八八是在付假的？喂……」

車廂裡每個位置都坐著人，寥寥幾個站客，也心照不宣地彼此拉開一段距離，各自斜倚在某個靠走道的椅背上，在這昏懶的午後時光，多數人不是閉著眼小睡，就是眼神渙散，在疾馳的絕對動態中，憊成絕對的靜態。

此刻他們全醒了。一個一個，骨牌似的，方向一致地轉頭，將如出一轍的嫌惡表情，長矛般擲向她沿路罵罵咧咧的背影，可惜連背影他們也看不久，她很快地消失在他們的視線之中，帶著一種誰准你看我的車尾燈了的氣魄。

她離開以後，車廂內重新回到可喜的靜態。骨牌們一一轉回原位，帶著自覺的優雅，與必須的碎聲公評。

「有夠沒水準，全身贅肉都在抖還有臉把全車吵醒，那種歐巴桑真的是沒救，這裡收不到訊號不是常識嗎？」

「我覺得剛剛被強姦了兩次，一次是視覺強姦一次是聽覺強姦，可以申請國賠嗎？我也有 #metoo 可以寫了！」

列車搖搖晃晃，貼著溽夏時節長滿濃綠蕨類的潮濕山壁行駛，不知道是不是正在山坳間行進的關係，車廂裡聽見的火車聲音非常大，行駛的巨響在山壁與車廂間碰撞迴盪，響得似乎可以吃掉世界上任何其他聲音，吃掉音量節制的嗤笑，吃掉知書達禮的白眼，吃掉整個世界都站在我這邊的真沒辦法。

那白噪音極大，而且不知饜足，一直吃一直吃，吃得更大，更白，白得幾乎發亮。

轟隆，轟隆。

她一路逆著車行方向走，過了不知幾個車廂，終於放棄原先找個收訊好的角落講電話的念頭。女兒教過她要看行動電話左上角顯示的訊號強弱，而此刻那裡只寫著她的老花眼幾乎看不清的「沒有服務」。

一輩子也沒有要行動電話服務過幾次，真的需要的時候就客客氣氣冷冷淡淡跟你說沒有服務了。活到這年歲早知道人生就是這麼棘歪，但還是真的很不爽。

電話彼端是女兒啊。

幾站前在另一個車廂裡睡得正酣時被叫醒了，有個年輕人亮出車票說這是他女朋友的位置，要她讓座。她根本看不清楚年輕人在她眼前晃來晃去的車票，但很確定自己的車票沒有錯，那可是在花蓮站窗口買票時有嘴講到沒涎才終於拗到票務員賣給她的臺鐵員工保留座，哪有可能讓？她也掏出車票，學年輕人在他眼前揮舞，同時好好講了一遍敬老尊賢尊敬長輩等等做人處事的大道理，結果眼前這頭髮染得和自己同款灰的屁孩一臉「就知道妳會這樣」的不屑表情，跟他的女朋友拿出行動電話開始對著她錄影，一邊錄一邊說什麼不是老了就值得尊敬啦妳會死我會大啦，躲在鏡頭後的表情，跟女兒罵她正義魔人自私大媽時一模一樣。

正想罵人，女兒的電話就來了。哎喲這查某囡，一定是後悔叫我回臺北了。她手忙腳亂趕緊接起電話，喂了半天也沒聽見那頭有什麼聲音，以為女兒正在哭，哭得說不出話，趕緊連聲安撫說是不是想媽媽了我下一站就落車搭下一班車回去，一邊講一邊下意識地往外走想找個收訊好的地方，然後才發現電話那頭不知何時早已掛斷，而剛剛的位置，已經被灰髮屁孩的女友坐走，還嫌歐巴桑的屁股把坐墊弄得好熱好噁心。

列車過彎，飄撇地甩了一個尾，她晃了一晃，手上的行動電話沒拿穩飛了出去，她趕緊撿了回來，確認沒壞，抬起頭已經半個車廂的人都在看她。

算了反正下一站就要落車，先搞清楚女兒到底要跟她說什麼比較重要。她一語不發，臭臉擠進窄仄的卡座裡，拿走自己放在行李架上的大包小包，故意用包包去撞了幾下那兩個屁孩，這之中，一直有鏡頭對著她。

扛起行李她開始往後方車廂走，回撥不斷失敗，她開始煩惱會不會出了什麼事呢？不會的醫生護士都在照顧她，那到底為什麼不接電話？剛剛還打給她的。

那白噪音，吃掉一切聲響的白噪音，也在吃她的女兒嗎？

轟隆，轟隆。

終於放棄撥電話時，她已經抵達最後一節車廂，座位仍是滿的，她默默找了個椅背靠著，那位置坐著的中年女人跳起來說阿姨這讓妳坐吧，她連忙搖手拒絕，心裡咋舌：拜託叫什麼阿姨，妳這年紀也不會比我小幾歲，還輪不到妳來給我讓座吼。

為了避免尷尬，她又往車尾移動了幾步。把提袋背包都找了塊空著的行李架丟上去，靠上另一個椅背時，小心不驚醒那個位置的乘客。

折騰一陣，她又睏了。從年輕時她便是上車就睡的類型，火車上的搖晃與轟隆聲響完全是催眠神器，況且這列火車聲音特別大，開起來特別晃，弄得她好想睡。

年輕時帶著女兒搭車，女兒最喜歡的不是窗外的風景，而是入夜後或隧道裡，鏡像化的窗玻璃。常常她睡得迷迷糊糊在不知身何處的車上醒來，第一眼看見的就是女兒晶亮亮地盯著黑色的窗，窗外明明什麼都看不見，只有遠處燈火與車內微光交疊成搖晃的亮點，母女倆與其他乘客的臉，像畫了一半就擱下的素描，在黑色鏡面影影綽綽地閃現。

女兒說，那是火車的夢。火車做夢好好看，所以捨不得睡。

醫院裡的護士會在睡覺時間放火車、海浪、冷氣運轉聲或樹林裡的風聲給女兒聽，她就是從護士那裡學到什麼叫白噪音的，白噪音可以幫助入睡，難怪她在火車裡老是這麼好睡，原來是因為白噪音的關係。

啊不對，不能說護士，要說護理師，女兒講過她好幾次，她老是忘記。

可是，不管在醫院裡或火車上，她迅速地入睡以後，女兒都在做什麼呢？在她身邊，卻去了很遠很遠的地方嗎？

如果她的好睡能分一點給總是失眠的女兒就好了，她想。這樣不知道能省多少安眠藥。

轟隆，轟隆。

這列從花蓮上行的火車窗景，從一開始的滿眼海天湛藍，變成如今潮濕山城的蕨葉濃綠，那綠純正得像是剛從生產線上做好，準備運到世界上其他地方再拿來稀釋重製成其他綠色物件的濃縮原汁。她想起女兒每天早上要她吃的葉黃素，覺得窗外這綠對眼睛的益處大約也是十倍於別處的綠，索性認真盯看起來。

車窗邊的人大多睡著了，剛剛在海岸段拉起來擋太陽的簾布遮住了大半的窗景，她又想起女兒對她的冷眼，好不容易忍住探身去拉開別人座位邊窗簾的衝動，只得有點委屈地盯著沒拉實的簾布間透出的那點狹長窗玻璃看。高速行駛間，窗外所有細節都退隱江湖，只剩棕黑墨綠啞黃麻灰這些大小色塊，不停從玻璃上飛掠，看久了像是萬花筒，反倒讓她更想睡了。

哎呀再撐會兒，不能睡著，下一站要記得落車，給女兒打電話。

轟隆，轟隆。

列車進入山洞，這段路多的是山洞，每一個都不長，卻非常密集，明暗間隔短暫，交替得瑣碎而頻繁。剛從滿眼綠進入隧道的那瞬間，她總想到女兒，女兒每次往返花蓮臺北，經過這段時，不知還愛不愛看火車做夢？這樣的夢亂七八糟的一下子就醒了，醒沒多久又掉進另一個夢裡，那多不舒服啊，可是醫生說女兒就是長期在這樣的軌道上，自己一個人跑著。

這是什麼軌道？這也算是軌道？軌道不就是安安穩穩過日子嗎，正常人怎麼會受得了這種起起落落？爸爸媽媽辛辛苦苦賺錢把妳送到花蓮念研究所，包吃包住包念書包玩樂，結果妳在那裡憂鬱症還是躁鬱症，這樣哪裡有對？妳是有什麼好憂鬱的？不愁吃穿有什麼好尋死尋活？

女兒從來不回答她的這些問題，總臭著臉，就像現在黑亮的窗玻璃上映著的那個年輕女孩子的側面，明明五官乾淨漂亮，映在窗上的鼻樑下巴眼睛嘴脣都線條明晰，但就是一副全世界都欠她會錢的樣子。這些小女生哪裡知道什麼叫做欠會錢被倒會？一天到晚臭著張臉，醫院裡的護士跟她說這是年輕人流行的厭世，什麼厭世？都還沒出社會，連世界長什麼樣子都不知道，說什麼厭世。

轟隆，轟隆。

列車出了山洞，有益養生的濃綠再度回到玻璃上，她趕忙又盯著看，想著每天早上陪女兒一起吃藥時吃的葉黃素，為什麼叫葉黃素呢？不都說多看綠色才對眼睛好嗎？還有那個花青素，花怎麼就青了呢？

青了的，是她那天接到電話，聽見學校說女兒自殺被發現緊急送醫的那張臉。臉青著時間停著，但奇怪的是手上的鍋鏟還在煎盤上俐落切著蛋餅，好像人跟身體真的可以分開似的，煎盤邊緣的隔熱板後站滿等著早餐要趕去上班的客人，他們也都是那張不耐煩的厭世臉。

但他們沒有自殺。

她沒想過世界到底討不討人厭，就像沒想過為什麼葉子應該是綠的卻有葉黃素，花應該是紅的粉的紫的黃的但偏偏有個花青素，噪音摸都摸不到可是竟然有白色的。

轟隆，轟隆。

綠沒幾秒鐘，火車又進山洞了。窗玻璃上這次映出來的是一張男人的笑，奇怪剛剛不是一個臭臉妹仔嗎？她眨眨眼，再認真看一次，沒錯，是個男人的笑，但不知道為什麼，她就是覺得那笑容很討厭。

實在了然，要嘛厭世，要嘛連笑都討人厭，現在的人到底都有什麼問題？她記起常常有客人跟她說，阿姨，看到妳的陽光笑容就覺得整個早上都充滿活力了。忍不住對著空氣咧出自己引以為傲的飽滿笑容，摸摸臉頰拉扯的弧度確認這技能尚未生疏。

為什麼這些都遺傳不到女兒身上呢？

轟隆，轟隆。

這段路好多山洞，窗玻璃亮了又暗，綠了又黑，這次出現的是一開始看到那個臭臉妹仔，妹仔表情比第一次看到時還難看，白白浪費了一張水姑娘的臉蛋。

這妹仔的爸爸媽媽恐怕也跟自己一樣不知道該拿女兒怎麼辦吧。她掏出口袋裡的行動電話又看一眼，沒有服務。

轟隆，轟隆。

男人的笑。

轟隆，轟隆。

妹仔臭臉。

轟隆，轟隆。

男人的笑。

轟隆，轟隆。

奇怪，為什麼同一塊玻璃上映出來的臉，每次過山洞時看到的會不一樣？像是這深山的隧道裡有什麼魔神仔在跟她開玩笑似的，又像是某種囝仔的塑膠玩具娃娃，按一下頭，就會換一張臉。咔啦咔啦，喜怒哀樂，咔啦咔啦，表情都不一樣。

若像是女兒講的火車做夢，難道是這輛火車做惡夢了？還是她在女兒的病房待太久，被隔壁病房那個愛撞牆的傳染了神經病？

這種話講出來一定會被女兒罵，說她政治不正確，然後呢她跟女兒講什麼人生道理要開導伊，又被說是太正面太政治正確。真的是吼，什麼都乎伊講就好了。

在病房裡，她也的確是什麼都讓乎伊。女兒說自己吃藥很無聊，她就陪著吃維他命葉黃素；女兒說媽你回去工作啦每天在這裡我壓力很大，她就收了東西回臺北，假裝自己狠得下心，可以把女兒留在那幢高樓的其中一個病房裡。

她什麼都依了這個查某囝，但怎麼樣就是問不出為什麼，為什麼要這樣，什麼事要弄到自殺。醫生叫她不要問了，她也就不敢問了。這年頭，做媽媽的問個問題還會被醫生罵。

她有好多問題想問，可是她不敢問，女兒不想答，她們的聲音，像是都給白噪音吃光光了。

轟隆，轟隆。

這次，窗玻璃映著的妹仔的臉，臭得像是已經快要哭出來了。

她終於忍不住轉過身，想要搞清楚到底那個玻璃上映著的是男是女，還是魔神仔。車廂裡大部分的人都在睡覺，就算醒著，低頭盯著行動電話的樣子也像是進入另一種睡眠狀態，她眼光掃了一圈，很快就找到其中一個卡座上，明顯和其他乘客動作不同的那對男女。

因為被成列椅背與乘客擋住，從她的角度，只看得到那個掛著笑的男人，一隻手抓著臭臉妹仔的肩頭，試圖將妹仔拉往自己，臭臉妹仔不斷躲著男人湊過來的臉啊手啊身體啊，男人又不斷靠上去。不知為什麼，或許是因為列車的轟隆巨響實在太大，晃動也太劇烈，這場隱藏在兩個座位間情緒飽滿的小小追逐戰，竟和她在窗玻璃上看見的倒影同樣無聲。妹仔微弱的抵抗並沒有超出那個卡座的範圍，也沒有驚動任何睡著或醒著的乘客，只讓他們的臉在拉扯之間，前前後後地，交替出現在她盯著的那塊小小窗景上。

滿座的車廂裡，像是只有他們三個人知道這件事，其他人的視線都垂得低低的，不知道是沒看到還是不想看到，而她竟也下意識地轉回原來的姿勢，想把自己藏進「不知道這件事」的多數裡。

然而她畢竟是知道了。

轟隆，轟隆。

回到同樣的姿態角度，她不可避免地在火車進山洞時，又看見那塊窗玻璃倒映著的男人的笑。現在她知道為什麼這男人笑起來這麼討人厭了，可是那妹仔要真的碰到什麼性騷擾還是怪叔叔，幹嘛不喊大聲一點呢？不然站起來直接離開那個位置也可以啊。搞不好他們是情侶，說不定她多管閒事過去問兩句，還會被罵回來，而且要是被那個男的打怎麼辦，這車廂裡看起來沒有人會救她。

唷，這就是那個妹仔不對了，若是真的遇到壞人就要喊啊，都不會喊，動作又那麼小，是有誰會知道要怎麼幫忙？

她想起女兒說她正義魔人，要她小心點，說現在大家都有行動電話，隨時都會有人把你當正義魔人的嘴臉錄下來，上傳網路。

她是不知道正義和網路的關係到底是什麼啦，在網路上，正義就會更正義一點嗎？火車轟隆轟隆駛進下一個山洞，當她從窗玻璃又看到妹仔的臭臉，跟女兒一樣臭的那張臉，她突然想起很久以前，可能有十幾年了的那種很久以前，她也曾經在同樣的火車場景裡，看著另一個妹仔，臉上露出同樣的表情。

那時候，她還太年輕，不知道自己能夠做什麼，可是有另一個人走過去說話了。記憶裡那遙遠時空中，每個人的面目都已經模糊，她卻還記得那個人走過去的時候說了什麼話，那個聲音清晰脆亮，好像此刻才剛在耳邊響起，好像山洞與火車之間彷彿可以吞吃一切的白噪音，一點都干擾不了那個聲音。

她再看了一眼那個妹仔倒映在窗玻璃上的臉，依稀記起，十幾年前的十幾年前，在自己當妹仔的時候，有幾次，也曾經露出這種表情。

她的女兒也露出過那種表情嗎？那時候，有沒有一個聲音，冒著成為正義魔人的風險去幫忙女兒？如果有那樣的聲音，如果有，女兒是不是此刻就不會在醫院裡？

轟隆，轟隆。

火車出了山洞，她轉過身，走向那個卡座。

她瞥了一眼男人，男人很快收回放在妹仔身上的手，戒備地看著她。

「小姐，這個座位是我的，妳可以把位置還給我嗎？」十幾年前那個清晰脆亮的聲音，從她的嘴裡吐出，與窗外的亮綠一樣晶瑩。

妹仔微微仰頭，整個人都傻了，只能用那雙快哭出來的水汪汪眼睛看著她，瞬乎變換幾千種表情，每一種表情裡肯定都浸潤了飽滿的感激。

「可是，阿桑，這是我的位置耶，你看，號碼是一樣的⋯⋯」妹仔從身上摸出對號車票。

阿桑你個頭啦。她氣死了，整個肚腹裡燃起大火。妳老母辛辛苦苦每天天沒亮就起床備料做早餐做了二三十年，衣服捨不得多買一件，把錢都給妳去念研究所，妳給我念成這樣！了然！書都讀到屁股去了，妳笨成這樣妳媽知道嗎？這社會交給你們這種年輕人不如給阿共打下來算了！

「幹伊蛤仔，我真的會被氣死，拎祖媽叫妳站起來啦，我愛睏得半死讓老人家坐一下會怎麼樣？你們這些年輕人真的是很不知好歹，大人教的都沒有在聽，尊師重道啦敬老尊賢啦都不會，年紀輕輕站一下好像要妳的命一樣，等一下就到臺北了啦毋免妳站很久啦，我剛剛站在那邊腳腿都麻了，是不能給我坐一下是不是？」

她拉高的嗓門吸引了周遭乘客的目光，細碎的議論聲被火車的巨響高速輾成粉塵，還有人拿出行動電話，用鏡頭對著她，奇怪吶，剛剛真的該錄影存證的時候這些人都死哪裡去了。

「喔，好啦，阿桑那這裡給你坐。」妹仔諾諾起身，離開了那個現場，男人一句也沒吭，看來是真的互不認識的兩人。

她裝作毫不客氣地，一屁股坐在還留有妹仔體溫的絨布座位上，眼角餘光發現男人還在看她，她有點緊張，壯起膽子瞪了回去，在男人下意識轉開眼睛的那空檔，趕緊把外套拉起來蓋住頭裝睡。

怎麼可能睡得著？緊張死了。大家都在看這裡有夠見笑，不過，那個男的應該不敢再騷擾妹仔了，也不知道這男的會不會對自己怎樣，實在垃圾，害她終於有位置睡覺了又不敢睡。

她想把行動電話再拿出來確認一次，看能不能撥通了，可是，她還不太敢動。那個男的最好也不敢動，大家就都不要動。

隔著蒙住頭的外套，好像聽見有人在罵她老番顛，但火車聲音太大，輕易輾過了那些難以聽清的不滿。她想著，回到病房要跟女兒說這件事，人生真的不用太在乎別人說什麼，他們連性騷擾都假裝看不到，連罵阿桑都只敢躲遠遠的碎念，那種人的意見有什麼好考慮的。

轟隆，轟隆。

不知道是不是列車的白噪音太強大，前一刻還緊張得要死的她，竟然真的睡著了。轟隆，轟隆。火車車廂真是全世界最適合睡覺的地方了，她夢見女兒回到小小一丁點的那時候，穿著她小時候最喜歡的那件綠色洋裝，小狗一樣趴在窗邊看火車做夢；咻地一下從溜滑梯滑下來，蝴蝶一樣在她的腳邊繞來繞去地飛，飛啊飛啊，那揚起的裙襬美得像行過山城時，她在火車的窗玻璃上看到的那樣，是用最純正新鮮的原料製成，一點也沒有摻水。

那是多好的年紀啊。那時候，什麼東西都不能傷害她的女兒，連女兒自己也一樣。

轟隆，轟隆。

後記

親愛的六月兔：

這本書是為妳而寫的。

寫這本書的期間，因為很專注地讀資料和寫作，也因為泡在故事裡情緒不穩，所以好幾個月沒有回家陪妳。有一次，妳打電話給我，問我為什麼都不回去跟妳玩，我說，因為穀菇在寫書呀。妳說，是寫給小朋友看的嗎？我說，以後我可以寫一本給妳看，但現在這一本書，是寫給大人看的。

是寫給大人看的書，卻是為了妳而寫的。

我沒有生小孩，因為我很膽小，怕我的孩子在這個殘酷的世界上會受傷。可是偏偏我有妳，像是這個世界給了膽小的我一個擁抱未來的機會，讓我沒有辦法因為不生小孩就擱著這個世界不管。

我不能說妳就是我的小孩，因為這樣對妳的爸爸媽媽不公平，爸爸媽媽和爺爺奶奶，才是每天在瑣碎的生活裡照顧妳、在妳煩鬥鬥的時候努力維持理智愛妳的人，我的愛遠遠比不上他們。可是，雖然沒有每天在妳身邊，我仍然經常想著，要怎麼用我的方式愛妳，要怎麼讓這個世界，少傷害妳一點。

我好像只能做到這樣：讓這個世界少傷害妳一點。

我寫了這本書，為同是生理女性的妳。我把在妳之前多活了很多年的這些女生，這些姊姊、阿姨、阿姆、阿嬤……還有我這個穀菇的生命經驗揉在一起，寫下來。為了再多看清楚我們這個性別的處境一點，為了讓我們下次遇到不太對的事情時，愣住的時間可以減少一點、責備自己的狠勁可以減少一點、嫌棄自己的眼淚可以減少一點，還有，對別的女生，可以更好更寬容一點。

然後，我們也許就可以讓心愛的小女孩們，長大後的日子更好一點。

我知道這些事情總是無可避免地會發生。但，如果運氣好一點，會不會因為這本書，當未來有那麼一天，妳遇上了書裡面某一個段落的場景，出現一個讀過這本書的男生或女生，能代替不在妳身邊的我，走過去幫忙妳、拍拍妳，對妳說出我在這本書裡想說的那些話。

如果更好一點，我期待妳自己就可以成為那個有能力幫助別人的女孩。

如果再更好一點，我期待妳長大後拿著這本書，翻著白眼對我說：「穀菇，妳這個寫得太誇張了啦，現在哪有人會這樣啦，妳寫這劇情好爛好老套好灑狗血根本沒人信。」

啊，如果是那樣，就太好了。

也許，那時候，我會開始後悔，怎麼不自己生一個小孩。而妳會說：「醒醒吧，妳沒有女兒。」

那就太好了。

愛妳的穀菇

六月兔的致謝：

謝謝生下穀菇和爸爸的爺爺奶奶。謝謝生下我的爸爸媽媽。

謝謝放任穀菇做所有想做的事的菇杖，跟穀菇結婚真是辛苦你了，給你拍拍，謝謝你把我和弟弟當作自己的小孩那樣放在心上，謝謝你把穀菇心愛的一切都放在心上。

謝謝所有在穀菇懷疑自己時搖她肩膀踢她屁股，在她不懂裝懂時告訴她現實世界長什麼樣子的叔叔阿姨和（如果你們堅持的話）哥哥姊姊：陳夏民、楊憶慈、陳雨汝、許婷婷、林夢媧、沈默、賴亮吟、莊淑涵、王志元、王思勻、陳聿琳、馬千惠、楊韻芳、廖偉皓、林峰毅、彭盛韶、林香君，以及已經變成天使的曾珍珍老師，謝謝老師從來沒有放棄笨蛋穀菇。

謝謝親愛的乾杯與續杯，讓穀菇的母愛有安置的地方，在穀菇終究只能面對自己有限才華的那些時候，在窗邊吵她、在她肩膀上咬她眼鏡、在她鍵盤上亂跳、在她頭上便便，無所不用其極地提醒她：先離開書桌去洗頭髮吧，其他一切再說。

謝謝你們對我的穀菇那麼好。

女神自助餐

言寺 69

國家圖書館出版品預行編目 (CIP) 資料

女神自助餐 / 劉芷妤著 . -- 初版 . --
桃園市 : 逗點文創結社 , 2020.04
320 面 ; 13x19 公分 . -- (言寺 ; 69)
ISBN 978-986-98170-4-2(平裝)
863.57 109002368

〈同學會〉2018.5.23 刊於自由時報副刊，書中收錄改編後版本
〈火車做夢〉2019.6.9 刊於自由時報副刊，書中收錄改編後版本

作　　者	劉芷妤
總 編 輯	陳夏民
校　　對	陳雨汝
設　　計	王思勻
手寫字體	曾季玲 (章名頁)、王思勻 (封面)
I S B N	978-986-98170-4-2
出　　版	逗點文創結社
地　　址	330 桃園市中央街 11 巷 4-1 號
網　　站	www.commabooks.com.tw
電　　話	03-3359366
傳　　真	03-3359303
總 經 銷	知己圖書股份有限公司
台北公司	台北市 106 大安區辛亥路一段 30 號 9 樓
電　　話	02-23672044
傳　　真	02-23635741
台中公司	台中市 407 工業區 30 路 1 號
電　　話	04-23595819
傳　　真	04-23595493
印　　刷	通南彩色印刷有限公司
定　　價	350 元
初版一刷	2020 年 4 月
初版四刷	2021 年 1 月